小説 仮面ライダージオウ

下山健人

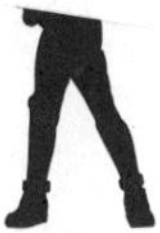

講談社キャラクター文庫 034

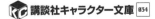

小説 仮面ライダージオウ

原作
石ノ森章太郎

著者
下山健人

協力
金子博亘

デザイン
出口竜也
（有限会社 竜プロ）

CONTENTS

目次

キャラクター紹介

ウォズ　**黒《くろ》ウォズ　仮面ライダーウォズ**

西暦２０６８年の未来からやってきた預言者。歴史が紡がれた『逢魔降臨暦』を手に、ソウゴを「我が魔王」と崇《あが》める。ソウゴにジクウドライバーとジオウライドウォッチを授け、ソウゴのジオウとしての戦いをサポートした。もうひとりのウォズこと白ウォズから仮面ライダーウォズの力を奪って自らも変身、ソウゴらと共闘した。

常磐《ときわ》ソウゴ　**仮面ライダージオウ**

王様になるという夢を抱いていた高校３年生。西暦２０６８年の世界で、自分が最低最悪の魔王＝オーマジオウとなることを知らされるが、人々の幸せを実現する王様になるという夢を叶《かな》えるため、仮面ライダージオウに変身、歴史を変えようとするタイムジャッカーが生み出したアナザーライダーと戦いを繰り広げた。

明光院《みょうこういん》ゲイツ　**仮面ライダーゲイツ**

西暦２０６８年からやってきた戦士。レジスタンスとしてオーマジオウと戦っていたが苦戦を強いられ、覚醒する前の常磐ソウゴの命を奪うべく２０１８年の世界に現れた。しかしソウゴと共闘していくなかで友となり、最終決戦では身を挺《てい》してソウゴを庇《かば》う。歴史の再構築により新たな２０１８年の世界でソウゴの同級生となっている。

ツクヨミ　**仮面ライダーツクヨミ**

西暦2068年からやってきた少女。ゲイツを追って2018年の世界を訪れ、ソウゴの抹殺を阻止する。記憶を失っていたが、実は王家の娘アルピナで、次の王に選ばれたことから兄であるタイムジャッカー・スウォルツにより追放されていた。最終決戦で仮面ライダーツクヨミに変身するも、消滅。歴史の再構築によりソウゴの同級生となっている。

常磐《ときわ》順一郎《じゅんいちろう》

ソウゴの大叔父で時計店「クジゴジ堂」の店主。電化製品などの修理も引き受けてしまうお人好し。事故で両親を失ったソウゴを引き取り育てている。ソウゴの将来を案じているもののの、ソウゴの奔放さを容認、やさしく見守っていた。

白《しろ》ウォズ　**仮面ライダーウォズ**

救世主・ゲイツリバイブがオーマジオウを倒した、違う時間軸の未来からやってきたもうひとりのウォズ。未来を変えることができる未来ノートを駆使して戦う。最後にはソウゴの存在を認め、ジオウトリニティライドウォッチをソウゴに与え、黒ウォズに未来を託して消滅した。

オーマジオウ

西暦2068年に君臨する時の王者。人々を苦しめ、希望のない世界を創り出した魔王で、常磐ソウゴの未来の姿であり、レジスタンス勢力からは最低最悪な魔王と呼ばれている。

スウォルツ　オーラ　ウール

魔王に代わる新たな王を擁立するため各時代でアナザーライダーを生み出すタイムジャッカーたち。リーダー格のスウォルツの真の目的は、仮面ライダーが存在する他の世界を滅ぼし、一つにまとめることだった。そのためにすべての仮面ライダーの力を自らの力にしようと目論《もくろ》んでいたが、ソウゴの前に敗れ去った。

【用語解説】

アナザーライダー

タイムジャッカーが見いだした人間を素材に、アナザーウォッチを使って創り出した仮面ライダーで、歴代平成仮面ライダーの姿とパワーを歪んだ形で持っていることが多い。

タイムジャッカー

オーマジオウに対抗すべく歴史に介入する未来人の集団。

タイムマジーン

西暦2068年のタイムマシン。時間移動して敵を追跡するときなどに用いる。ビークルモードからロボモードに変形が可能。

ライドウォッチ

ジオウやゲイツたちが変身時に用いる、ウォッチデバイス。必殺技の発動、ライダーアーマーの装着、アナザーライダーへの変身にも使われる。

0

序章

20××：過去への旅

結局、あの時間とは虚無だったのだ。

そんな思いを抱いたのが2019年夏の日。我が魔王・常磐《ときわ》ソウゴの英断から幾日か経《た》ってのことである。


時間という概念の外側にいる私にとって、この出来事は〝幾日か経ってのこと〟という表現で十分足りうる。しかしながら、我が魔王とその周りの者たちにとっては、そう単純な話ではない。

あの時、常磐ソウゴは歴史を新たに創造した。

それにより、彼はそれまでの戦いだけでなく、彼と彼の仲間たちがともに紡《つむ》ぎ続《つづ》けた1年もの歳月をも、消滅させることとなってしまった。

我が魔王の決断。

それは『創造』としての選択だったはず。

ただ、一方では、『破壊』としての見方もあるだろう。

創造と破壊。それらは常に紙一重である。

ただ、あれから数日後。常磐ソウゴや明光院《みょうこういん》ゲイツ、ツクヨミたちにすれば無自覚のうちに再び体験することとなった2018年・晩夏のあの日。我が魔王とその仲間たちが新たな世界に踏み出す光景を見て、私はそこはかとない達成感に包まれた。

と同時に、ほんのわずかではあるが寂しさを覚えた。

彼らの輪に私がいないから？

彼らの記憶の中に、私が存在しないから？

他の者であればそれもあるかもしれない。

しかし、生憎《あいにく》私はそのようなセンチメンタリズムは有していない。

たとえば以前。

私と、もう一人の私（我が魔王はそれを『白《しろ》ウォズ』と呼んでいたが）が互いの未来への存続を賭して争った時のこと。私が自らの不利を感じ、今生《こんじょう》からの離脱を覚悟した際には痛快さを覚えた。

さらに過去（ある意味では未来）に遡ると。

私は『仲間』を偽り、当時の世界を統《す》べていたオーマジオウ、その討伐にあたる多くのレジスタンスの戦士たちの死を、結果的ではあるが導いた。それこそ常人からすると『血モ涙モナイ』ということなのだろうが、私にとっては〝虚無〟。それしかない。

ならば何故《なぜ》？

人を利用し、裏切り、操り、大義のためであれば善悪の意を問わぬような愚鈍な感受性しか持ち合わせないこの私が。寂しさなどという複雑かつ繊細な感性の持ち主にしか宿らない感情を。たとえ一瞬だとしても持つことができたのか？

それを考えた。一晩だけ考えた。

未だ結論には至らないものの、一つの可能性を見いだすに至った。

２０１８年晩夏。

常磐ソウゴという何の変哲もない普通の高校生が、仮面ライダージオウという未来の脅威となる道へと導かれたあの日（それを仮に〝起源の日〟と呼ぶこととしよう）。

そして、もう一つの同じ日。

常磐ソウゴが『王になる』という自らの願いを犠牲に、世界にやり直す機会を与え、生み出されたあの日（それを仮に〝始まりの日〟と呼ぶこととしよう）。

この、暦のうえでは同じでも、存在する意義が全く違う二つの日に存在したこの私——すなわちウォズに、何らかの変化が生じたのであろうと。

それを知るにはどうすべきか。

もう一度考えた。今度は一晩よりもう少しだけ考えた。

もはや我が魔王の周辺だけでなく、魔王自身の記憶の中にも存在せず、私の中にしか存在していないあの1年という期間。あの時間と今一度向き合わねばならないのではないか。


オーマジオウとは、何だったのか？

仮面ライダージオウとは？

そして常磐ソウゴとは、何者だったのか？

彼や明光院ゲイツ、ツクヨミ、いわば我が魔王とその仲間たちによって刻まれた正史そのものを私自身が振り返る必要があるのではないか。そんな心境に陥り、『真逢魔降臨暦《しんおうまこうりんれき》』に手を伸ばした。

私が2018年〝起源の日〟からずっと手にしていた『逢魔降臨暦』、実はあれはワケあって廃棄することとなった。

そしてまた、あの本に書かれてある歴史と、実際に常磐ソウゴの歩んだ歴史に多少の齟齬《そご》が見受けられたのだ。それを調整し、改訂したものを『真逢魔降臨暦』としてまとめ、そこに書かれた史実を〝正史〟と呼ぼうと思う。

その『真逢魔降臨暦』の序章のページを、改訂以来久々に開く。

そんな時だった。


〈変わっている〉

かすかではあるが、何者かの声を認識した。

それは霞《かすみ》がかった森の中、彼方《かなた》から聞こえてくる猛禽類《もうきんるい》の鳴き声のような威嚇にも取れ、デジタルノイズに遮られた音源のように不明確なものであった。

「……誰だ？」

とりあえずはその声の主に応えてみるが反応はない。

しばらくこちらからの問いかけを試みるがその回答はなく、私の声が届いているのかどうかも判断できない。

私は一旦その声を頭の片隅に追いやり、再度正史を記した件《くだん》の『真逢魔降臨暦』を開く。

「どういうことだ……？」

それは。

序章に始まり、普通の高校生・常磐ソウゴが仮面ライダージオウの力を得る一つ目のエピソードから、かの〝決戦の日〟、スウォルツとの戦いの末、常磐ソウゴによって歴史が塗り替えられた49つ目のエピソードで締めくくられる記録――。

その最後の数ページが消えつつあるのだ。

するとさらに私に呼びかける声が響く。

〈始まりの日、そこに戻ればわかる〉


今度はハッキリと聴覚が捉えた。

声の主は未だ不明である。

しかし、特徴的な言い回しに私は反応せざるを得なかった。

〝始まりの日〟とは？

私の表現のまま推察するならば、魔王によって塗り替えられ、新たに生まれたあの２０１８年の夏の日のことである。

「何かが……胎動している？　いや、それともすでに動いているのか……？」

見やった『真逢魔降臨暦』の文字の消滅はわずかずつではあれど、ゆっくりと進んでいるようにも見える。

「何者かが……歴史に干渉している……？」

以上のことが、この時空を巻き込んだミステリーを知るきっかけとなった。

――とにかく、読み解いてみようじゃないか。

まるで山道から離れた山奥に小さく涌《わ》く川の源泉が、のちに下流では大河となるのを知らないように、この時の私は、〝未来〟の結末を一切予見できていなかった。

私はこの何気無い一歩が大きな引き金を引くことなど察知する術《すべ》もなく、かつて魔王によって塗り替えられた２０１８年〝始まりの日〟に行き先を定めた。

これは、〝歴史の管理者〟ウォズことこの私が、新たに起きつつある歴史の編纂《へんさん》に迫る旅路の中で、己自身の認識のために残した備忘録である。

第Ⅰ章

夏の日の2018

たとえば人が生まれ故郷へ向かう時。

もしくは、一度過ごした土地。かつての学び舎《まなや》。所属した組織。

自らの過去と関係する対象と再会する際。

『戻る』という言葉を使うのが一般的であろう。

辞典によると。

『戻る』――進んできた方向とは逆の方向に引き返す。／元の場所に帰る。／元の状態に返る。――ということであるらしい。

元の場所。元の状態。

これらを踏まえると、物理的な問題だけでなく、そこが起源であるという認識を持つ時、私たちは『戻る』という表し方を用いているのかもしれない。

実際、ある者がある土地へ旅をしたとする。

月日が経ち、その者が同じ土地に足を運ぶ機会に巡り合った際、『あの土地へ戻る』と言い表すだろうか？　『再び赴《おもむ》く』と表現するのではないだろうか？

すなわち私たちは客観的対象物に対し、明らかな主観を用いながら時に無意識に、時に意識的に言葉を選択しているわけだ。この『戻る』という一見何の変哲もない自動詞に関して言えば、己の主観のみならず時間や空間に対する感情的な意味合いをも内包してしまっている。

人は自分の人生と、過去に通過した対象物との狭間に、因果を見いだす能力によほど長《た》けているのだろう。

それは、人の持つ帰属意識の強さゆえのことなのだろうか。

はたまたノスタルジアという人類特有の感覚がそうさせるのか。

私には理解不能だが。


２０１８年9月某日。

私は再びあの時間に赴いた。


この状況を、先述したような『戻る』と表現することは不正確である。

我が魔王の1年間に渡る旅路を知る者であればすでに理解しているだろう。２０１８年9月のあの日とは、どちらのことを言っているのか？

そう、仮面ライダージオウとなる前の彼が私やゲイツ君たちと出会った〝起源の日〟なのか。

それとも、彼が世界を救うため、それまで得た力を捨て、世界にやり直す機会を与え、その結果生じた〝始まりの日〟なのか。

私は後者の〝始まりの日〟へと赴いた。

『戻る』と言うにはいささか違和感を覚えることは理解して頂けよう。

そもそも今の私に前者の〝起源の日〞に行く術《すべ》はない。

というのも、我が魔王はスウォルツ氏との決戦の末、オーマジオウの力を用いた。

〝世界を創造する〞と言えば聞こえはよろしいが、簡潔に言うと一度作り上げた過去を消し、新たな歴史を上書きしてしまうことに過ぎない。

つまるところ、我が魔王があの決断を下した時点で〝起源の日〞は消滅したのである。

それは、時間移動を可能にするタイムマジーンや、私の力をもってしても、あの日にコンタクトすることは不可能ということだ。

かくして、私がたどり着いた晩夏の昼下がり。

けたたましく鳴り響く蝉《せみ》の声も、新学期の始まりを彩る残暑も、青年たちが学び舎で流す汗も。どれも懐かしさを覚えるが、それらはすべて錯覚である。

私が今いるのは、普通の高校生――常磐ソウゴが最高最善の魔王の道を歩み始めた歴史ではないのだから……。

「どうしました？」

突如背後から声をかけられた私は、振り返ると同時に不用意にも声を発してしまった。

「あ」

常磐順一郎《じゅんいちろう》――

我が魔王と暮らしていた彼の大叔父《おおおじ》である。

「……？　僕の顔、何かついてます？」

私がかつての知人に向けるような声を発したからだろう。順一郎氏は一瞬訝《いぶか》しむような視線を送りつつも、自分の顔を摩《さす》った。

「あ、ソウゴ君の友達？」

ダイレクトな質問に一瞬動きが止まる。

――私のことを覚えている？

いや、そのはずはない。今、私がいるこの時空に、私のことを知っている者はいないはずである。それは我が魔王しかり、ゲイツ君しかり、ツクヨミ君しかり。そしてこの順一郎氏も同様である。

おそらく私の見た目、年齢や風貌から『ソウゴ君の友達』というシンプルな連想につながったのであろう。

氏の言葉を咀嚼《そしゃく》し結論を導き出すのと、私の立つ場所が見慣れた風景であることに気づくのと、時間の差はさほどなかった。

どうやら私は〝始まりの日〟の状況を眺めながら、いつの間にか我が魔王の棲《す》み家《か》であり、この順一郎氏が経営するクジゴジ堂《どう》のすぐそばまでたどり着いていたようだ。

「……客……です……」

彼には私の記憶はないはず。そのことがまだ半信半疑ではあったことが、恐る恐る発した言葉から滲《にじ》み出《で》ていたかもしれない。

ただ、そんな危惧も思い過ごしに終わる。

「あ！　お客さん？　すみません、いや、ウチいつも暇してるから、てっきり、ねえ。あはは」

氏が自分の勘違いを誤魔化《ごまか》すために作った笑顔は、無駄に警戒心を強めた私の緊張を解いた。と、同時に不思議な感覚も覚えたのだが……

「ちょうど近所のお客さんのお宅まで修理済みの扇風機、届けに行ってたもんで。ウチ、時計屋なんだけどね……」

そう。このクジゴジ堂は時計屋である。店内には、この人当たりが良くもどこか風変わりな店主の眼鏡にかなった古今東西の名品・珍品たちが陳列されている。あまり実用的とは言えないのが玉に瑕《きず》ではあるものの、見る者が見れば、時を刻む器としての価値、それ以上の何かを見いだせるであろう。しかし、この店の客には彼のセンスはあまり伝わらなかったらしい。私が我が魔王に同行していた時期も、順一郎氏は彼の専門である時計とは違う日用品の修理を馴染《なじ》みの客から頼まれていたようだ。

「今、開けますからね。どうぞどうぞ」

彼はそそくさと鍵をあけ、店の看板をひっくり返し『ＯＰＥＮ』に変えると私を店内に招き入れた。

「いやね、昨日まではこんな時間に店閉めること、なかったんです。ウチの姪孫《てっそん》が店番してくれてたから。まだ高校生でね、今日から学校なんですよ」

姪孫《てっそん》とは兄弟の孫、甥《おい》っ子《こ》の息子のこと。又甥《またおい》とも言うらしい。

この国の人間の血縁関係は希薄になりつつあるそうだが、おそらく彼らのように大叔父とその姪孫《てっそん》との同居とは非常に珍しいケースかもしれない。とりあえず順一郎氏と我が魔王がともに暮らしていることに変わりはないようだ。

「……で、今日はどうしたんです？　お探しの時計でも？　それとも修理とか？」

「それが……」

と、口を開いてから戸惑《とまど》った。

実のところこのクジゴジ堂に用はない。私は我が魔王やゲイツ君やツクヨミ君に会えればそれで事足りるはずだった。それには彼らのいる光ヶ森《ひかりがもり》高校に直接赴けばよいであろうに、何故《なぜ》かここにいるのだ。

「ああ、いいですいいです。特に用がなくてフラッと立ち寄ってくれるお客さんもいるしね。今、お茶淹《い》れるから、店内のモノ、ゆっくり見てってって」

そう言うと氏は店の奥へと入っていった。

――さて。どうしたものか。

今ここにいた順一郎氏は私のことを知らない。たまたま通りすがった目的を持たぬ客と認識しているに違いない。ならば、興味を惹《ひ》く品を見つけられなかった客として、このまま店を立ち去ってしまっても構わないはずだ。

しかしながら、それはそれで気が引ける。

私が順一郎氏を一方的に知っているからであろうか。

以前の私であればこんな妙な心境にはならなかったはずだが……

そんなことをぼんやり考えていると、ガラス棚の上にある一つの封筒に目がいった。

送り先は『常磐ソウゴ』とある。我が魔王だ。

送り主は……ＫＴＲＫゼミナール……おそらく駅前にある予備校の名だろう。何気なくその封筒を手にした、その時。

「お客さんも学生さん？」

順一郎氏が紅茶を淹れて戻ってきた。

「いえ、私は……」

偽りではない答えを探す。

「旅行者です。以前この街を訪れたことがあったので、久々に寄ってみようと」

「あ、そうなんだ。だからこんな暑いのにコートなんか、ねえ」

暑さは関係ないが。まあそういうことにしておこう。

「通知に興味あるみたいだから、ソウゴ君と同じ受験生かと思ったよ」

「……？　どういうことです？」

「ほら、その封筒。ソウゴ君が受けた全国模試の結果の通知。……って、ごめんごめん。そのソウゴ君ってのがさっき言った姪孫《てっそん》のことでね」

「いえ、そうではなく。我が魔……」

とまで言いかけて、言葉を訂正する。

「そのソウゴさんというご親戚が……受験生？」

「そうそう。もう高３だからね」

受験生？　我が魔王が？

一瞬、私は氏の言葉に違和感を覚えた。

私の知る〝正史〟では、彼が勉学に励み進学に力を入れた事実はない。

ただその違和感もわずかな時のものであった。今私がいるこの時空は、彼がオーマジオウの力によって新たに書き換えたものである。私の知る常磐ソウゴと全く同一である必然性などどこにもない。

「まあ、高校３年生であれば、受験するのは普通でしょう」

「普通ねえ……。いや、身内を褒《ほ》めるのは恥ずかしいけど、あれは勉強の鬼だね」

勉強の鬼？　我が魔王が？

「成績も超がつく優秀でさ」

成績が超優秀？　我が魔王が？

「こないだの模試も全国で2番目とかなんとか」

全国で2番？　我が魔王が？

どうやら彼はだいぶ都合の良いように歴史を書き換えたらしい。

以前の印象とはいか程かかけ離れたこの時空の我が魔王を想像し、少しだけ立《た》ち眩《くら》んでしまった。

「というのもね、今時変わった夢を持ってる子なんだよ」

「……と言いますと？」

「政治家になりたいんだってさ」

「は？」

思わず頓狂《とんきょう》な声を発してしまった。

私に引かれたと思ったのか、順一郎氏は取《と》り繕《つくろ》うように続けた。

「いやね、僕らの時代はさ、クラスの中で一人くらい将来なりたいものは『総理大臣！』なんて子供もいたけどね。今はあまり聞かないでしょう、政治家を目指してる高校生なんて」

政治家？　本当に我が魔王がそう言ったのだろうか？　私が氏の発言を掘り下げようと

思ったその矢先……

「ごめんくださいい。常磐さん、ちょっといい？　また修理お願いしたいんだけどさ」

馴染みの客だろう。中年の男性が慌ただしく店に入ってきた。

「田中《たなか》さん、すみません。今接客中でね」

「いえ、私のことはお構いなく」

そう。私も用という用があるわけではない。

「悪いね、お兄ちゃん。でさ、これなんだけど……直せるよね？」

男性が取り出したのは、この時代にはあまり見かけないＣＤデッキだった。

「ええ……まあ、一応……」

「よかったー！　この辺じゃ常磐さんに直せないものはないって評判だもんね！　頼りにしてるよ！　あっはっは！」

「あははは……ウチ、時計屋なんですけどね……」

順一郎氏の儚《はかな》い笑顔に会釈をしつつ、私はクジゴジ堂をあとにした。

炎天の下を歩く私の脳裏には先の氏の言葉が残っていた。

『政治家になりたいんだってさ』

我が魔王が発した言葉としては、これも違和感を覚えるものである。

とは言っても、それは喉元に魚の小骨が引っかかった程度のものであり、その違和感もすぐに解消した。

何故なら、私のような見知らぬ者に対し、順一郎氏が無防備に『親戚が王様になりたがってる』などと言うはずがない。という結論にすぐさま至ったからだ。

常識と世間体という観念を持ち合わせている一般の成人が『王様』という言葉を用いるわけがない。酔狂《すいきょう》にもほどがある。

以前であれば、その時代に潜伏するためには己の主観など黙殺できていたというに、この時代の常人の感覚を見失いかけていたとは。自分自身を嘲笑《あざわら》いたくなった。

「王も政治家であることに変わりはない」

私はこの時空の彼がいるであろう場所へと歩き出した。

＊＊＊

蜩《ひぐらし》であろうか。

小気味良いリズムの鳴き声が晩夏の午後を刻んでいた。

クジゴジ堂をあとにした私は、順一郎氏から聞いた手がかりを元に、我が魔王のいる場所へと向かった。

驚くことに――いや、全国模試で2番であることを知った今、もはや驚くことではないかもしれないが——、彼は学校の終わった放課後、地元の予備校に通っているらしい。

２０１８年９月〝始まりの日〟。

こちらに来てまだわずか数時間。

多くの変化に戸惑いつつある自分を認めざるを得ない。

そこでふと思い出す。私が聞いたあの声——


〈変わっている〉

〈始まりの日、そこに戻ればわかる〉


敵か、味方か。それはわからない。

ただ、あの言葉が、私への警告として告げられたものなのであれば、先刻順一郎氏から聞いた我が魔王の変化など生易しすぎるだろう。

あの声の主は私に何を示しているのか——

そんな思考を巡らせている間に、私は目的地にたどり着いた。

都市の中心にほど近く、昭和《しょうわ》の名残をとどめたまま今に発展したこの街は、商店街と緩やかな坂道が入り組んでいる。この時代では少くなった踏切が駅の北側と南側を遮断し、賑《にぎ》やかな繁華街と静けさを纏《まと》った住宅街と、街の二つの顔を形作っていた。電車が通るたび鳴らされる警報機は、時に物悲しく夏の夕刻を色濃くし、レトロな下町の情緒を際立たせていた。

その踏切の横の雑居ビル。そこに我が魔王が通っているという予備校がある。

私は駅前を行き交う通行人に紛れ、我が魔王が出てくるのを待った。

以前の我が魔王やゲイツ君は私を神出鬼没と思っていたようである。だが、実のところ私はこういった地味な行動も嫌いではない。むろん時空の行き来をある程度は自在にこなせる身である。無駄な時間は省くに越したことはない。しかしながら、無駄が何かを生産することも多分にある。それを知ったのは〝起源の日〟からスウォルツ氏との〝決戦の日〟までの1年という時間、彼らの行動を観察してきたからに他ならない。

実際この時も、少なくはない数の通行人が駅前のパン屋に入っていくのを確認した。見るからに古くから続く地元の商店といった雰囲気の店構え。店の片隅にはカフェ・スペースも併設しているらしい。外からショウウィンドウを覗くと、中央の棚には暗い赤みの黄色に輝くアップルパイが並んでいる。どうやら店の名物のようで、客の二人に一人が購入していく。

ただ待つのも面白くない。パン屋に入ることにした。

その矢先である。

以前——それはそう遠くはない過去の時流で、しばし襲われていた感覚を我が身が捉える。皮膚を焦がすようで芯を突き刺す寒気……。

これは――

「ちょっと待ってよ！」

聞き慣れた明朗な声質。

そう、魔王である。

あたりが暗くなりつつあるなか、雑居ビルから出てきた線が細い青年のシルエットが、街灯や店の看板のライトに照らされて浮かび上がる。それも二つ。

「ねえ待ってってばゲイツ！」

「お前を待っている暇などない」

「いやいや、そんなこと言わないでさ、ツクヨミのとこ寄ってこうよ」

「いいか！　こっちは夏休み最後の最後でお前に抜かれたんだ。新学期のお前は単なるクラスメイトじゃない。俺が倒すべき敵だ……！」

「はいはい。そんなおおげさなこと言ってないで。どうせウチで腹ごしらえしてくんでしょ」

パン屋の店前でチラシを配っていた店員が受験生の会話に割って入った……と思いきや、その店員こそがツクヨミ君だった。

「く……！　現れたな、全国模試1位の常連……！　こんな時期にバイトなど……、さては！　余裕を見せつける心理戦で俺たちを揺さぶる気かッ？」

「は？　揺さぶるって何？　てゆーかなんで喧嘩腰《けんかごし》？」

「ゲイツさ、こないだの模試で俺に抜かれたのが相当悔しかったみたい。ほら、今までツクヨミにしか負けたことないでしょ。ずっとピリピリしてる」

「今からそんなんじゃ冬までもたないよ？　リラックスリラックス」

「そう言って俺を油断させる魂胆か？　ツクヨミ、まさかお前、試験の当日実は徹夜で予習したのに『全然やってない』などと偽り、周りを安心させる手口を使うタイプだろう……！」

「使うわけないでしょ。だいたいそんな狡《ずる》い手、使おうが使うまいが、ゲイツとの勝敗には影響ないでしょ。どうせ私が勝つんだから」

「上等だ。その勝負、受けてたってやる。俺はお前の仕掛ける心理戦などで国立大A判定が揺らぐほどヤワじゃない。アップルパイ一つください」

「俺、二つ。物理の課題ここでやってっていい？」

「ソウゴさ、得意科目ばっかやるより、古典強化したほうがいいんじゃない？　このままじゃ次の全国模試も私が1位かな♪」

　思春期を抜けつつある青年たちのやりとり。この残暑に打ち上がる花火のように賑やかな威勢は、夏の夜風に流れていく。

かような同じ世代同士の会話など、その多くは他人にとって大して意味をなさないのが常であろう。しかし、彼らのそれは私の脳を麻痺《まひ》させるのに十分だった。

曰《いわ》く、ツクヨミ君が全国模試１位の常連。

曰く、他二人が彼女を追撃するいわば刺客《しかく》の立ち位置（受験生としてではあるが）。

曰く、常磐ソウゴの得意科目が物理。

我が魔王よ。

確かに以前の君の偏差値は語るに値せず、通知表は目も充てられない惨憺《さんたん》たる物だったろう。しかし、君の求めた新世界とは、全国模試１位の座を仲間同士で奪い合うという十代特有のヒエラルキーの中で収まるようなものだったのか？

それならばそれでいい。

しかし、だったらせめて全国模試１位の座は自分のものとする野望はないのか？　その中途半端な謙虚さは一体なんなのか？　だいたい君に謙虚さなどあったか？　厚顔無恥《こうがんむち》を若さと爽やかさのオブラートに包み込んでしまった人物。それこそが我が魔王ではなかったか？　ここまで来ると歴史を上書きしたのではなく、単純にキャラが変わってしまっただけだぞ我が魔王よ。

表情は努めて平静を装い周囲の通行人の中に紛れていたが、心の中で突っ込まずにはいられなかった。

「だいたいさ、二人に模試で勝っても意味ないでしょ。試験に受かるかどうかが問題なんだし。そもそも大学に受かることがゴールじゃないんだしさ。俺のゴールはもっともっと先にあるんだから」

「政治家だっけ？　物好きだよねえ」

「物好きを通り越して変人だな。特にお前の目指す地方自治体の政治家など金にならんぞ。かかる努力に対して割に合わん」

「そんなこと関係ないよ。この街の区長になって、街を守りたいんだ。ほら、再開発で数年後には形が全く変わるらしいじゃん。俺、それを止めたい。そのためには今は勉強あるのみだね」

衝撃が走る。

彼の夢は本当に〝王〟ではなく、政治家になっていたのだ。

しかも地方自治体？　区長？

何をどこから突っ込めば良いのかわからないよ我が魔王。

そんなやり場のない突っ込み欲に悶絶《もんぜつ》しつつも、この珍妙な感情をなんとか抑制した。

そして私は一つの考えに至る。

あの常磐ソウゴは私の知る魔王ではない。

ここに至るまで何度も確認してきたように、そもそもの歴史が上書きされているのだ。

それは当然であろう。

しかしながら、そのことを踏まえても腑《ふ》に落ちないことがある。

彼は本当に常磐ソウゴなのだろうか？

思えば我が魔王がオーマジオウと対峙《たいじ》したあと、この２０１８年９月に漂着した彼とゲイツ君、そしてツクヨミ君は同じ光ヶ森高校にいた。

あの時の彼は私の知る常磐ソウゴ――すなわちもう一つの２０１８年９月の〝起源の日〟からこの〝始まりの日〟の直前まで存在した我が魔王と同じく、『王様になる』ことを夢に描いていた。

どのような歴史を巡っても彼のアイデンティティはそこにある――、そこまで断言できるかはわからないが、ともかくあの時、新たな歴史のスタートを切った彼には不変の未来像があったのだ。

それがどうだろうか。

以前に比べ、頭の回転も良く、インテリジェンスに溢《あふ》れ、実際偏差値もいい。

描いているビジョンはだいぶ真っ当である（ゲイツ君の指摘のとおり、変人には映るかもしれないが、それは触れないでおこう）。

むろん、地方自治体の長《おさ》となることが悪いとは言わない。

しかしである。１年もの間見てきた常磐ソウゴを知る者からすればスケールダウンの感は否めない。

そのような思いを巡らせていると、脳裏にあの声が蘇《よみがえ》る。

〈変わっている〉

〈始まりの日、そこに戻ればわかる〉

もし、あの言葉が何かの警告なのであれば。常磐ソウゴの変化もそのうちの一つなのか。

「嫌な予感がする……」

すでに私は好奇心ではなく、これまで経験してきたどんな状況にも当てはまらない異様な危疑を抱きながら事にあたらねばならないと感じ始めていた。

そして。

先ほど一瞬だけ捉えた感覚。我が身を襲った違和感を肌が思い出す。と、同時に蘇る記憶たち。これは心当たりがある……。

パン屋のカフェスペースが空くと、私の見守る受験生たちはただちに席につき、参考書を広げ勉学に勤《いそ》しみ出した。

彼らと接触するのは、もうしばし先でいい。

私は帰宅の途につく人々の中に紛れ姿を消した。

＊＊＊

これはあとになってわかることだが。

２０１８年という時間は、特に猛暑がきつかったそうだ。

この日も違わず暑さは私の隣に常について回る。

歴史が上書きされても、どうやら地球の気候そのものに大きな変化は生じないらしい。

そう考えると、地球の時間というのは、人の紡いでいく時間とは別の時間軸に存在しているのではないかという錯覚を起こしてしまう。

そんなことに思いふけっている間に陽《ひ》は完全に隠れ、西の低空には金星が輝き始めた。

これから数日後、金星は最大光度に到達するらしい。

かつて私と時空を行き来した二人の青年たちはこの酷暑の中、２時間ほど受験勉強に没頭した。

ツクヨミ君の勤務終了を待ち、夜の帰路につく3人は公園の自由歩道を歩いていた。

先ほどいた駅前広場からクジゴジ堂に向かうとすると、途中この街が管理する大きな公園にある。

この時空のゲイツ君とツクヨミ君も同じ方向に自宅があるのか、はたまた学校の寮でもあるのか。それは定かではないが、彼らも同様の行程らしい。

日中は近所の子供たちや親子連れが芝生の上で遊戯に興じるため、もしくは付近の学生や大人たちがジョギングやサイクリングのコースとして利用するため、この公園は賑わっていた。

この時間になってようやく季節の変化を感じ得る涼《すず》やかな風が通り過ぎる。

夏の終わりを告げる薄暗い公園の光景に他愛《たあい》もない3人の若者の会話だけが響く。それはさながら青春ドラマのテンプレートなワンシーンのようである。けして皮肉を言っているのではない。テンプレートにはテンプレートの良さがある。それに、かの3人——うちの一人にはそのような青春を語らう仲間など存在せず、うちの二人には戦いの記憶しかない——、そんな彼らにこのような穏やかな時間が存在している事実を眺めていると、この私の中にさえも、何か違う感情が湧き出しそうである。

ただ、残念ながらそんな悠長なことも言っていられないようだ。

また先ほどと同じ寒気が襲う。

肌が捉える痛みのような感触が鋭敏さを増す。

——すぐそこまで迫っている……。

「お前たち来週の模試、受けるだろ？」

「うん、とりあえずね。ソウゴも受けるでしょ？」

「来週のは私大対策なんだよね？　俺、国立しか受ける予定ないからな……」

ガサリ。

３人の前方で奇妙な物音がした。

その瞬間だった。

呻《うめ》きとも、唸《うな》りとも、咆哮《ほうこう》とも取れる低声。咽頭《いんとう》の震えが周囲の空気をも震わせたかのような錯覚に陥るほど、それは異質であり、常人にはその発生の正体を連想させるには不可能なものであろう。

「何……？」

小さな街灯の緩やかな光の塊は地面を照らしていた。

その心許《こころもと》ない光の向こう側。

最初にその〝異物〟に気づいたのはツクヨミ君だった。

遅れてゲイツ君、そして常磐ソウゴが公園の闇の中にうっすらと浮かび上がる異物の影を認識した。

言葉は出てこない。

いや、この場合『反応ができない』と表したほうが正確だろう。

かつて数多《あまた》の異物や歴戦の勇士たちと対峙してきたこの3人も、ここではなんの経験も持ち合わせない常人である。

湿った金属のような、それでいて乾いた有機物のような質感が擦《こす》れ合《あ》う音。それを伴って件《くだん》の影が青年たちに近く。

ジャシリ……ジャシリ……。

「何だよ……コイツ……⁉」

街灯が照らし出す光の領域に異物が侵入する。頭上の光源は使い古された青白い明かりを対象物に当てる。その寒色の光が一層、影の主の異質性を際立たせる。

アナザーライダーである。

呼吸と言うべきか、それとも排気と言うべきか。躯体《くたい》の数ヵ所に突起が認められ、そこから体内に含まれているだろう気体を排出する。その様は、タービンを強力に回転させる際に用いた蒸気がその勢いを抑えられずシリンダーから漏れ出しているかのようである。

臨戦態勢。

そう理解して構わないだろう。

異物は標的を捉えた。

その対象は——もちろん困惑と恐怖に襲われ、身動きの取れない3人の青年である。

「な、何だお前は……ッ！」

かつては百戦錬磨の戦士だった明光院ゲイツも、この世界では戦う術など持ちようがない。迫り来る不詳の脅威に後ずさりをするのが精一杯のようだ。

しかし常磐ソウゴにしろ、明光院ゲイツにしろ、その場から逃げようとしないのは、同世代の女子を護《まも》ろうとするがゆえの正義感か。それとも彼らの中に眠る戦士としての本質がゆえか。

ただ、目前に迫るアナザーライダーにとってみればそのようなことは関係ない。

この時代。この場所に。〝奴《やつ》〟が現れ、３人の若者と遭遇したのは偶然であるはずがなかろう。

アナザーライダーは明確にこの非戦闘員と成り下がった若者たちを狙いにきたのだ。この抵抗のない状況は好都合である。奴は容赦なく襲いかかる。

腕を一振り。

衝撃波と火花が先に起こる。

直後、人間の重さがアスファルトに打ち付けられる鈍い音、それと同時に嗚咽《おえつ》とも取れる悲鳴が人けのない公園に響き渡る。

「ぐ……ああ……！」

常磐ソウゴと明光院ゲイツは同時に吹っ飛ばされた。

おそらくは、生まれて初めて経験している戦慄に彼らの脳は追いついていないだろう。

そう、彼らは自分たちの戦いの経歴を知る由もないのだ。

そんな彼らに突如起こった災禍への恐れなどを気にとめることもなく、アナザーライダーはそれぞれ別の方向へ飛んだ標的のうち、一人を見据える。

そして。

ジャシリ……ジャシリ……。

奴が迫ったのはアスファルトに打ち付けられ、立ち上がることのできない常磐ソウゴであった。

「ソウゴ！　逃げろ！」

離れた場所で、同様に倒れたままのゲイツ君が叫ぶ。

しかし逃げ場を塞ぐようにアナザーライダーは常磐ソウゴの前に立ちはだかった。

振り上げられた奴の右腕は若者の首を狙い、原始的な武器と化す。それでもか細い十代の青年の骨を断つには十分な破壊力が秘められていることは想像できよう。

鋭い手刀が常磐ソウゴの急所を突く。

と、いくわけはない。

残念ながら奴は自分の他に闇に隠れる影を見落としていた。

この私という存在を。

私はこのアナザーライダーの右手を受け止め、瞬時に払いのけ、奴の胸を一蹴《いっしゅう》する。

重さは硬さに比例し、私の蹴りを受けた奴の体表は合金がかすかに焦げたような臭気を発する。

久々の感覚。鼻を突くような戦闘の香気《こうき》が記憶を刺激する。

「申し訳ない、ゲイツ君、ツクヨミ君。そして〝新たな魔王〟……。出てくるのが少々遅かったようだ……」

私に向けられる３人の視線。

それは理解を超えた怪物の襲来から救うヒーローに向けられるような代物ではなかった。

「もうしばらく奴の動向を観察していたかったが、その前に君たちに死なれては元も子もないからね……」

「え？　誰？」

「この場で説明したところですぐさま理解することはないだろう。むしろ、先にコレを目にしたほうが何か思い出すかもしれない。もし君たちに記憶の欠片《かけら》があるならば、の話だが」

再会の喜びか。

それよりもわずかな照れが入り混じったのか。

この時、確かに私の口角が上がったことを認めた。

私は躊躇《ちゅうちょ》することなく、馴染《なじ》みのベルトを露《あらわ》にし腰部へと装着する。

そして無意識でも連動して我が手にベルトの相棒――ミライドウォッチが握られる。動作はかつての時間をなぞるかのようにウォッチの装塡まで果たされる。

『ウォズ！　アクション！』

闇が覆う公園内に一際まばゆい光がけたたましく拡散する。

「変身」

『トウエイ！　フューチャータイム！』

喧騒《けんそう》と言うなかれ。

私はまさに自らのアイデンティティが、シアンとグリーンの光を道連れにして我が身へと装塡されていくのを感じた。

『スゴイ！　ジダイ！　ミライ！　仮面ライダーウォズ！　ウォズ！』

「祝え！　過去と未来をつなぎ、時空を書き記す歴史の伝道者。その名も仮面ライダーウォズ。新たな歴史の幕開けである！」

私は、変身した。

ある向きには『transform《トランスフォーム》』であると言われる。

また、ある向きには『metamorphose《メタモルフォーズ》』であると言われる。

前者は『形自体』が変わることを意味すると考えられ、後者は『状態』が変わることを示すと理解されているようだ。そこに変身する本体の本質的な変化があるか否かは定かではないものの、後者のほうが精神的な意味合いがより内包されている印象がある。それは単純にカフカの影響かもしれないが。

私からすれば前者と後者、そのどちらでも成り立つし、そのどちらとも成立しない。

これは、ある種のカタルシスである。

この私でも、そうとしか言い表しようがないのだ。だからこのような場合、少しばかり箍《たが》が外れたように振る舞ったと見えても、ご了承いただくしかない。

幾日ぶりか。いや、数週間、あるいは数ヵ月。ある者にしてみれば幾年ものブランクがあるように思えるかもしれない。

致し方のないことである。たとえそれが実質的には短いものであっても、時間の流れの感じ方は人それぞれなのだから。

兎《と》にも角《かく》にも私は〝戻った〟。

仮面ライダーウォズへと。

刹那《せつな》、気体を吐き出す蒸気のような音が聞こえる。

対峙するアナザーライダーは再度戦う姿勢を取り、私の存在を確実に認識した。私を標的としたようである。

もはや遠慮はない。私は手始めに手持ちのミライドウォッチを装填する。

『ダレジャ？　ダレジャ？　ニンジャ！　フューチャーリングシノビ！　シノビ！』

上昇する戦意を表すかのごとく、私の体は更なる変化を遂げる。

闇夜の戦いには都合が良いと思われたこのフォームは、相手を撹乱《かくらん》する速度を可能にし、速《すみ》やかなる敵の排除には最も適している。

私は急速に旋回し、標的の背後を取る。

一つ。二つ。三つ。ジカンデスピアをカマモードにし、斬撃を加える。

しかしそれは致命傷には至らない。あくまでもこれは死角から攻撃することで、奴の視界を限定する、いわば囮《おとり》の動きである。これで奴の意識は自身の側部、もしくはその後方へ向く。

私はそれを待っていた。

即座にもう一つのウォッチを起動させる。

『ギンギンギラギラギャラクシー！　宇宙の彼方のファンタジー！　ウォズ ギンガファイナリー！　ファイナリー！』

銀河系の姿を象《かたど》った装具が仮面ライダーウォズに融合していく。

仮面ライダーウォズ フューチャーリングシノビは速度に優《まさ》るものの、攻撃の強度は心許ない。あのアナザーライダーの装甲に太刀《たち》打《う》ちできるとすれば、仮面ライダーウォズギンガファイナリーの破壊力であろう。

狙いは——正面突破。

奴の視界を限定したことで、正面の防御が緩くなったのだ。

「喰《く》らうがいい……ッ！」

爆発とともに高域の衝撃音が周囲の空間を劈《つんざ》く。

私の足部がアナザーライダーの胸部を捉える。やった——

かに思えた。

実際にはそのような思考の隙など与えられることなく、私は跳ね返されたのである。

アナザーライダーの胸部は美しい円弧を描いた白金色のシールドに護られていたのだ。

それはまるで満月のような。

「まさか……」

思わずアナザーライダーを目視する。

公園の木々の狭間から漏れるかすかな街の明かり。それらを反射し、うっすらと浮かび上がる装甲の光沢は、白と黒、そして黄金を織り交ぜたもの。そして闇夜に反射する頭部の造形は半月を象っていた。

「これは驚いた。よもやツクヨミ君のアナザーライダーだったとは……！」

実に予想外である。

仮面ライダーツクヨミは、スウォルツ氏との決戦の折、ツクヨミ君が得た力によって最後に生まれた仮面ライダーだ。そして、そのすぐ後にツクヨミ君は死を遂げ、我が魔王が歴史を上書きする決断を下すに至る。

誤解を恐れずに言うのであれば、仮面ライダーツクヨミとは、非常に短命なライダーであったと表せよう。

今、起こりつつある事件——その全容は現時点では何とも測りきれないが——、この出来事にもおそらく首謀者がいるであろう。私からすればその首謀者がどのような能力を持ち合わせていても、接触するのが最も困難な仮面ライダー、それこそが仮面ライダーツクヨミということになる。

それが何故この上書きされた時間軸にアナザーライダーとして?

一体、誰が、どうやって?

様々な思いが私の脳裏をめぐるが、今はそのような考察を可能にする閑《ひま》などない。

アナザーツクヨミは私の一瞬の動揺を見抜き、攻勢に出た。

間合いを詰める敵の速度を見切り、一定の距離を保つ。

見たところ相手に武器はない。飛び道具があったとしても射程距離が中途半端である。この間合いを保てれば私のジカンデスピアが有効であろうか。であれば一旦奴の攻撃を受け止め、そのタイミングで反撃に出ればいい。

私は次のアナザーツクヨミの突進を利用しようと、速度を落とす。

そして標的は私の間合いに入った。

今である。

奴の攻撃を左腕で受け、スピアを繰り出す。

だが。

「――――――ッ」

アナザーツクヨミの手の先端が伸び、私の胸に突き刺さった。

繊月《せんげつ》のごとく鋭角な爪牙《そうが》が５本の短剣となって、銀河の星を模した私の胸部を切り裂いた。

なるほど。相手は相手で私の〝仕掛け〟を待っていたとは。

続けざまに繰り出されるアナザーツクヨミの爪牙は、私のアーマーを切り刻んでいく。

予想していなかった敵の〝武器〟を前に、私の対応は完全に後手に回った。

アナザーライダーはその瞬間を見逃さない。

こちらの体勢が崩れた一瞬を狙い、キックを炸裂《さくれつ》させる。

戦いを終わらせにきた。

しかし私もただやられているほどお人好しではない。

形勢を覆す機を窺《うかが》っていたのである。

キックの大技を繰り出す――それはつまり相手の体が完全に宙に浮く瞬間でもある。

私は咄嗟《とっさ》に仮面ライダーウォズ ギンガファイナリーの能力――重力子の制御を起動させ、アナザーツクヨミの重力をコントロールしようと試みる。

奴の足部が私に届くのが先か、私が奴の重力を奪うのが先か。ある種の賭けである。

そして敵の足が私の胸部に触れた瞬間。

ふと、アナザーツクヨミの体が浮いた。

その機を逃さず私は奴を宙へと弾き出した。

間一髪。とりあえず私は賭けに勝った。

この程度でどうにかできる相手ではないが、わずかでも時間が稼げるはずだ。

「何なの……この人たち……」

久方ぶりの戦闘に没頭してしまった私に、本物のツクヨミ君のこぼした一言が冷静さを与える。

「申し訳ない。私としたことがずいぶんと手こずってしまった。正直に言うと今の私がそう簡単に敵《かな》う相手ではないようだ……」

そう。歴戦のアナザーライダーたちと格が違うのはすでに感じ取っていた。ならば、打つ手は一つしかない。

「これからは君たちと共同戦線を張ろうと思うが、協力してもらえるかい？」

「協力？　何を言ってる、こんな化け物相手に何ができると言うんだ？」

こういう時に現実的な視点を持つのが明光院ゲイツという男である。

「私、警察を呼んでみる……！」

「警察程度で何とかできる問題か？」

「心配することはない。君たちは戦える。ただ、残念だが今は持ち合わせがこれしかなくてね」

中心に何も描かれていないウォッチ――すなわちブランクライドウォッチを取り出す。

そして〝新たな魔王〟を見た。

本来であれば、ここはツクヨミ君に渡すべきであっただろう。

アナザーライダーはそのオリジナルのライダーの力をもってして削除することが可能となる。それ以外にはジオウⅡが本来の仮面ライダーの力を持たずとも、アナザーライダーを倒せた事実がある。だが、今ここにいる普通の高校生・常磐ソウゴにそこまでのことができる保証はない。

相手がアナザーツクヨミである以上、ツクヨミ君の力を蘇らせるのが定石《じょうせき》だ。

しかし、私は迷わず選んだ。

かの魔王を――

「帰還の時だ。〝新たな〟魔王」

跪《ひざまず》き、頭《こうべ》を垂れ、満を持して常磐ソウゴに差し出した。

今こそ――

「魔王？　何それ？」

……。そこに反応するか、新たな魔王よ。まあ、わからないではないが……調子が狂う。

「……詳しい説明はあとだ。このウォッチを手に……」

「いや、よくわからないけど無理じゃないかな」

「は？」

「君の話を真に受けたとして、さらに俺も君みたいな変な格好になれたとしようよ。ただそれでいきなりさっきの君みたくやれって言われてもさ、さすがに理不尽な話でしょ。だいたいそのスーツ？みたいのを着たくらいで普通の受験生が満足に戦えるとは思えないけど」

彼の低体温な反応。

無視されたまま宙ぶらりんになっている私の右手とブランクウォッチ。

肩透かしとはまさにこのこと。

仰々しい演出が好みの私ではあるが、この時ばかりは気恥ずかしさを覚えた。

新たな歴史の常磐ソウゴは冷静かつ、理屈っぽいようだ。以前の我が魔王のようなノリと勢いがない。彼からその二つを取ったらほとんど残らないのに……。

「君が選ぶのではない。力が君を選ぶんだ」

百聞は一見にしかず。私は半ば強引に常磐ソウゴにブランクウォッチを渡した。

刹那。まるで持ち主を思い出したかのように時計が息吹《いぶ》いた。そしてかの盤面には馴染み深いあの図柄が刻まれる。あの〝起源の日〟と同じように。

「え……！」

目の前で起きた超常の現象を前に、寸前まで醒《さ》めきっていた現代の若者も何かを感じ取ったようである。

「新たな魔王、これを……！」

ジクウドライバーを差し出す。

「使い方はご存じなはず……！」

今度ばかりは意識して、あの時と同じ言葉を発した。

あの戴冠《たいかん》の儀の瞬間が蘇る。

青年はウォッチを起動させた。

『ジオウ！』

ベルトからの呼びかけに呼応するように常磐ソウゴは動作を始める。無意識なのか、それとも何かを覚えているのか。確かな答えはない。しかし、私の主観で解釈するならば、彼のDNAが反応した、と考えるべきか。

「変身！」

『ライダータイム！　仮面ライダージオウ！』

空間を刻むように、時計盤を模した紫の光が夜の闇を打ち払い、青年に力を与えた。

そう。彼は戻ったのだ。

「祝え！　全ライダーの力を受け継ぎ、時空を超え、歴史を変えた真の王者！　その名も仮面ライダージオウ！　まさに王の帰還である……！」

闇夜の中、マスクの輪郭を際立たせる白と銀とマゼンタの反射光がこれほどまでに神々しいとは……！

このような時に人は感情を高揚させるのだろう。

「なんか……、行ける確率が高い……！」

あ。そこは少しばかり偏差値が高いようである。

重力操作から抜け出したアナザーツクヨミは削除すべき標的が二つになったことにすぐさま気づいた。そして爪牙を右手だけでなく、左手にも備える。相手もこれからが本番といったところだろう。

先に私が突撃した。アナザーツクヨミの注意を惹きつける。

「準備はいいか、我が魔王……！」

彼の呼応を求める。しかし。

「え」

彼は傍観している。

いつでも行ける準備をしておいてほしい。こういうところは以前の彼のほうが圧倒的にノリがよかった気がする。

アナザーツクヨミの攻撃をもろに喰らい、私のアーマーが火を吹いた。

想定よりも激しい損傷。次喰らえばそこまでかもしれない。私は一度体勢を立て直し、彼に耳打ちする。

「私が惹きつける。君は機を見て奴に打ち込むんだ」

「え？　シミュレーションもしてないのに？」

「戦いに模擬試験はいらない」

言い終わる前に、再度私がアナザーツクヨミに飛びかかる。奴の攻撃を回避しつつも、ある瞬間を窺っていた。敵が爪牙を正面に繰り出す――〝突き〟を仕掛ける時を。

アナザーツクヨミの爪は弧を描くように形作られ、ネコ科の獣が獲物に手を掛ける時のように縦の動きにて威力を発揮する。実際に私が受けたダメージも肩部《けんぶ》から腹部にかけて長いストロークのものが多い。それらは致命傷にはなりにくいが、幾重にもなることで皮を剝ぐようにこちらを消耗させていく。

上から振り下ろされる爪牙を止めるには、もう一歩奴の懐に踏み込み、腕の動きを制するしかない。ただ、それで突破口が開かれるわけではない。相手の懐に入ったところで、確実に仕留める策をこちらが持ち合わせているわけではないからだ。無闇に敵の間合いに私のほうから入り込むことは避けるべきだろう。

しかし。もし奴から爪牙による〝突き〟の動きを引き出せたら。

短く細いあの切っ先を破壊することは可能なはずである。

ゆえに私は敢えて同じ箇所にダメージを受け続けていた。

奴に、私の損傷度の高い箇所を狙いとさせるためである。

次の攻撃がまともに入れば私のアーマーも限界に達する。しかし、逆にアナザーツクヨミがそこを取りにきた時、奴の爪牙を砕ければ……。

審判の時はすぐさま訪れる。

再三の攻撃の中で敵も気づいているのだろう。私の胸部に、むき出しになりつつある急所が生じていることを。わずか十数センチのレベルの損傷箇所が、私にとっての布石となるか。奴にとっての決定打になるのか。答えは数秒先の未来にある。

アナザーツクヨミは突進しながら伸ばした左の掌《てのひら》を我がほうへ向ける。一時的な防御にあてるのと、右腕に力を溜《た》めて打撃するためだろうが、結果的に相手は右半身を護る姿勢となった。

考えのとおり、敵は右手で〝突き〟の攻撃を狙っている。

この時点で私に咄嗟の作戦変更はできなくなった。

中途半端に動いては奴が先に出した左の掌が私の喉元に届く可能性が高い。それこそ致命的だ。

後退するには今しかない。

私はそれを拒絶する。

あとは奴の爪牙が私の損傷した胸に届くスピードを、寸前で躱《かわ》す私の反射速度が凌駕《りょうが》する。それを祈るのみである。それに尽きる。

敵が私の間合いに達する。

賽《さい》は投げられた。

繰り出されるアナザーツクヨミの攻撃。それは対峙する私の命を獲るために研ぎ澄まされた一撃であった。

圧。それを感じながら私はすべての細胞を稼働させ、反射運動を試みる。この相手に〝反応〟では遅すぎる。自らのＤＮＡが元来保有する〝生存本能〟を極限の状態まで引き出さねば、この生命の危機――奴の爪牙は躱せない。

一瞬の意識の空白。

次の刹那。

アナザーツクヨミの爪が私の装甲を砕く音。

それを私の聴覚は己の骨を経由して捉える。

さらに私の視覚は自分の肩部の装甲が宙に散るのを確認した。

すなわちそれは、奴の爪牙が私に致命傷を与える機を失したことを意味する。

私の反射速度が上回ったのである。

私は奴の攻撃を左に避《よ》けた動作の流れを利用し、即座に体の重心を左足から右足へと移す。

そのまま体を回転させ左足の踵《かかと》を跳ね上げるように蹴りを繰り出した。

端的に言うとローリングソバットの形となって、振り上げられた私の踵は奴の爪牙を砕いた。

「今だ！　我が魔王！」

「え、ああ……！」

今度ばかりは戦う姿勢を取った青年戦士はスムーズとは言えないまでも、さしたる躊躇もなく、突進した。そして彼の渾身《こんしん》の拳が繰り出される。

炸裂する音。衝撃波。

それらが周囲に響き渡る。

アナザーツクヨミは抵抗むなしく十数メートルの距離を吹っ飛び、コンクリートのフェンスに打ち付けられた。

それまで闇夜の戦いの主導権は、半月の仮面に覆われた怪物が握っていた。しかし、王の帰還を彩るにふさわしい仮面ライダージオウの一撃は、流れを一変するに十分であった。

「うお……！　行けた……！」

やはり魔王は魔王である。

無垢《むく》。無邪気。天真爛漫《てんしんらんまん》。彼の純粋さを形容すればするほど、常磐ソウゴの中に潜む『陰』の部分も強調される。彼はたった今まで自分を襲っていた脅威を、不意に手に入れた力によって破壊へと導いているのだ。にもかかわらず、その事実をまるで楽しんでいるようにすら見受けられる。あたかも善悪の概念を持たない子供がその好奇心だけで虫を殺すかのごとく。

「あとは？　どうすればいい？」

あの〝起源の日〟の出逢《であ》いと同様、彼の残忍なほどのプラス思考に背筋を冷やしつつも（私にとっては魅力的ではあったが）、私は現状の幕を閉じることを求められた。

さりとて、実は終幕の算段は取れていなかった。

２０１９年の夏。

我が魔王がオーマジオウの力を用いて歴史を塗り替えた際に、それまで集めた歴代の仮のライダーたちの力は、当事者たちのもとに戻った。つまりあの1年間で備わった数多《あまた》の仮面ライドウォッチは、この〝始まりの日〟の時点では失われている。

正攻法で考えれば、このアナザーツクヨミを削除するためには、先ほど述べたように仮面ライダーツクヨミのオリジナルの力を使わねばならない。

もしくは。この仮面ライダーウォズ ギンガファイナリーもアナザーライダーの駆逐が可能である。しかしそれはあまりにも野暮というものではなかろうか。

「ツクヨミ君の力も発動させるべきか……」

少し離れた場所に避難しているツクヨミ君とゲイツ君を見やる。

二人は目の前で繰り広げられていた混沌《こんとん》に理解が追いついていないのだろう。言葉を失い、ただただ目を見開いている。果たしてこれ以上巻き込むのが得策か……。

そう思考していた矢先だった。

またもあのノイズにまみれた声が聴こえる。

〈これを、使うがいい〉

――これ？

声が示すものが一体何なのか。すぐには理解できなかった。

「うわ！　何これ！」

我が魔王の掌に金色の光の粒子が集約されていく。それが大きな塊となると、すぐさまライドウォッチを象っているのだと認められた。

ジオウライドウォッチⅡ。

「何故それが……？」

この不可思議な現象に私は、声の主の狙いがけして恣意的なものではないと確信した。意図がある。それは私たちを導くものなのか？　それとも破滅に向かわせるものなのか？　しかし、この疑念を掘り下げるのはもう少し後の話だ。

「これも使ってみる」

楽観的と言えば聞こえはよいが、彼のこの屈託のなさは『味を占めた』感が強い。

魔王はより魔王的に振る舞い、覚えたばかりの強さの顕示《けんじ》の道を突き進む。

『仮面ライダー！　ライダー！　ジオウ！　ジオウ！　ジオウⅡ！』

本来であれば数ヵ月の経験と、彼の中の闇との対峙による葛藤の末、手に入れられるはずのジオウⅡの力が、生まれたての魔王のもとに再現された。

ここまで来るとすでに私の知る〝正史〟と、目の前で起きている事象を照らし合わせるのはナンセンスと言えよう。もはやこれはエポックメイキングである。

「なんか……、行ける確率が高い……！」

やはりそこは偏差値が高めらしい。

ともかく、何者かの手により現状打破を完結させる要素は整った。

仮面ライダージオウⅡは、残った戦意のみで立ち上がるアナザーツクヨミに突撃していく。そして強烈な蹴りを炸裂させると、敵は闇夜に打ち上げられた。

追うように魔王は跳び上がる。

直後。彼の手には彼のマスクを象った剣――サイキョーギレードが握られる。

その未来がまるで見えていたかのように――いや、もしかしたら実際に見えていたのかもしれない――魔王は躊躇なくかの剣を振り下ろした。

晩夏の夜空を背に、半月の仮面の怪物――アナザーツクヨミは散った。

爆散後、様々な破片が落ちる中、私の足元に半壊したアナザーウォッチが落下し、転がった。反射的に私は手にすると……

直前の破壊を果たした青年が着地する。

新魔王、降臨の瞬間である。

新たな歴史が刻まれた今、もう一つの2018年9月のあの日、すなわち〝起源の日〟から連なる1年間を〝正史〟と呼称するのは述べたとおりだ。

正史では我が魔王がジオウの力を手に入れた直後、ツクヨミ君の危惧のもと、ゲイツ君が刺客として魔王の前に立ち塞がる。

しかし、この新たな歴史において、二人は新魔王を遮る障害とはならない。

何も知らぬ級友に過ぎない二人は、この状況を受け入れられるだろうか。

私は小さな危惧を抱く。

声の主の狙い。私に変化の兆しを示し、新魔王にジオウⅡの力を与えることが可能な何者かが、目論《もくろ》むこととは？

万が一。それが私の、私たちの未来の破綻を招くことであるならば、私はそれを阻止するしかない。その時、我が魔王のみならず、ゲイツ君、ツクヨミ君の協力は必須となるであろう。

果たして――

「な、何だッ⁉　これは……ッ⁉」

穏やかさが戻りかけた夜の空気を劈《つんざ》くゲイツ君の叫び声。

見ると。ゲイツ君の体が不気味に発光し、結晶のように分解していく。

「ゲイツッ⁉」

「何が起きてるの……ッ⁉」

隣にいたツクヨミ君はもとより、我が魔王も級友の異常事態に混乱を見せる。

「うあああああッ！　ソウゴッ、ツクヨミ……ッ！　俺は……」

助けを求めたのか。それとも、何かを思い出したのか。

その予測の答えを知ることはない。

言葉を言い終える前にゲイツ君は消えた。

第Ⅱ章

ロストワールド2019

「王様になりたい、って……。それちょっと痛い奴じゃない？」

新魔王の所信表明は、私が知る正史にかつて存在したもう一人の自分。

その彼のアイデンティティを全否定するところから始まってしまった――。

私たちは未知からの刺客、アナザーツクヨミとの対決のあと、クジゴジ堂に来ていた。日没からすでに数時間が経ったというのに、店の主人である順一郎氏は、姪孫《てっそん》が連れてきた級友の女子と、昼間の通りすがりの客――すなわちこの私をあまり詮索することなく迎え入れてくれた。

私が新魔王とどんなつながりがあるのか興味がなかったのか。それとも思春期の親類の男子が、おそらくは初めて連れてきたであろう女友達、その距離感のとり方に狼狽《ろうばい》したのか。氏はそそくさと席を外し、店の奥へと姿を消した。

普通の高校生であった常磐ソウゴと、今なお現状に理解が追いついていないツクヨミ君はやはり戸惑いを隠せない様子である。

経験したことのない命の危急に続き、級友の突然の消滅。

その日、彼らに起きたことを顧《かえり》みれば当然であろう。

私は惨事に巻き込まれた彼らに事の顚末《てんまつ》を嚙《か》み砕《くだ》いて説明した。

本来の歴史は別に存在したこと。

その歴史の未来、常磐ソウゴには〝魔王〟となる運命が待っていたこと。

それが理由で50年先の２０６８年から刺客として現代に現れたゲイツ君。同様に未来から来訪し歴史の改変を試みるツクヨミ君。常磐ソウゴはその二人と出会ったこと。

そして仮面ライダージオウの力を得て、約1年ものあいだ幾多の困難をゲイツ君やツクヨミ君たちと乗り越え、19のライダーの力を手にしたこと。

その末に、未来の自分の力を用いて歴史を上書きし、統合されていた19のライダーの世界を元のように分離させ、新たな２０１８年9月が始まったこと。

今の世界はそんな経緯で新たに作られたものであるということ。

さらに私は私で謎の声にいざなわれ、ここまでたどり着いたこと。

その流れがあって、あのアナザーライダーと彼らが遭遇した場面に出くわしたのだと説明した。ストーカーじみた行為をしたことは割愛したが。

彼らはジッと黙ったまま聞き入っていた。

その沈黙に対し私から投げかけた。

「どう思う、新たな魔王？」

「魔王って……俺のこと……？」

〝魔王〟。私たちにはもはや何の違和感もない単語である。しかし常人の彼にしてみれば悪い意味で印象の強い言葉だったのだろうか。その非日常的な響きが自分への呼称であるとただちに飲み込めるわけはなく、常磐ソウゴは明らかに拒否反応を示す表情を見せた。

だが私はこちらの彼を〝新たな魔王〟、そう呼ぶことにする。

今までのように〝我が魔王〟と呼称していては『真逢魔降臨暦』に記す際のみならず、呼んでいる私自身も混乱しそうだからである。

「呼び方に関しては気にしないでくれるかな。今はまだ抵抗があるだろうが、そのうち慣れるはずだ。それより、今話した私の説明だ。理解できただろうか？　いや、信じてもらえるか？　と聞いたほうが良いかもしれないな」

普通の高校生であれば私の話したことを正しく咀嚼《そしゃく》し、理解できるとは思えない。むしろ、すんなりと信じるほうが異常だろう。しかし、歴戦をともにしてきた彼らであれば、意外と理解し得るかもしれない。それが彼らの自然な姿なのではないか。そんな淡い期待があった。その矢先だった。

「王様になりたい、って……。それちょっと痛い奴じゃない？」

冒頭の言葉である。

冷静なのか、どこか抜けているのか。理解が追いついていないのか。

ともかく、突っ込む場所がそこだとは思わなかった。この新魔王は新魔王で不思議な空気を醸し出しているようだ。正史の我が魔王に教えてやりたい。

「ていうことは、何？　私もこの世界の人間じゃないってこと？」

「……まあツクヨミ君はツクヨミ君でワケありだが、それを説明し始めると夜が明けてしまいそうだ。今は置いておこう」

いかにも不服そうに睨《にら》むツクヨミ君の顔つきは、スウォルツ氏と対峙した時のそれと同じである。その敵意むき出しの空気を和らげてくれたのが順一郎氏だった。

「さ、さ。議論が白熱してるとこでなんだけど、こんな時間まで何も食べてないんでしょ？　これなら議論の邪魔にならないから、ツナギ代わりに食べなさい」

ツナギとは、会議などが長引いてまともに食事を取れない際に、その場の空腹を凌《しの》ぐために出される軽食のことらしい。私自身、そこまで長く議論するつもりはなかったが、氏にしてみればそれなりの緊急事態であることは察していたようだ。

とにかく、ありがたいことに氏はアップルパイと紅茶を提供してくれた。

よほど空腹だったのか。食べ盛りの若者二人は順一郎氏がテーブルに置く前にアップルパイを手に取る。いや、奪い取る、が正しいか。

「いただきまーす」

一斉に頬張った。

二人に挟まれた私はほんの一瞬遠慮したが、先ほど駅前で見たこの艶やかなる菓子パンにありつけなかったことを思い出し、自重しつつも手を伸ばすことにした。しかし。

「それで、俺たちはどうすればいいの？」

単刀直入な問いである。

「私に協力してもらいたい」

「協力？　アナタについていけってこと？」

「そのとおり。と、言っても恐れることはない。君たちにはどんな障害をも乗り越える力があることを私は知っている」

毅然《きぜん》と応え、今一度アップルパイに手を……

「つまり、さっきみたいな〝奴〟と戦えってこと？」

私の手は再び止まり、またも目当てには届かない。

それも致し方ない。今は彼らの懸念を取り除くのが先だ。

「戦うことが必須とは限らないよ。実のところ、今回のことは私も何が起きているかわからないんだ。それを探るところから始めないといけない。受験生のこの時期に心配であろうが……」

「そんなこと言ってられないよ。ゲイツが消えたことは事実なんだ。俺たちに何とかできるなら何とかしたいけど……」

「そうだよね……」

雰囲気が重くなってきた。今、アップルパイに手を伸ばすのは少々気まずい。

「だいたいゲイツは何で消えたの？　あいつの仕業？」

ツクヨミ君が素朴な質問を投げかけてくる。

残念ながらそれに応えうる回答を今の私は持ち合わせていない。

「どうかな……。ゲイツ君が消えたのはアナザーツクヨミを倒したあとだ。ゲイツ君が消滅するまでの間に何か仕掛けられるとは到底……」

とまで言って私はふと考えた。

記憶をたどる。

確かに、ゲイツ君はアナザーツクヨミ撃破のしばらくのちに消滅した。そこからわずかに記憶を遡り、奴が空中でこの新たな魔王によって倒されたシーンを思い浮かべる。その光景が脳裏にリピートされ、あるところで再生が止まる。

——おかしい。

——アナザーツクヨミの力を与えられた人物はどこへ消えた？

元来、アナザーライダーとは、アナザーウォッチを埋め込まれた人物をまるで苗床《なえどこ》のようにして存在を可能にする。そこに意志がない受動的な場合もあれば、加古川《かこがわ》飛流《ひりゅう》や、スウォルツ氏のように自らの意志でアナザーライダーの力を纏う者もいる。

今回もそれと違《たが》わず、アナザーツクヨミの苗床《なえどこ》になった者、もしくはあの力を自ら利用した者がいたはずである。それともあのアナザーライダーはこれまでのものと根本から異なるのか……？

思案している時にふとテーブルに視線がいった。

ない。

私が再三手を伸ばそうとしていたアップルパイが。

それはたった今、順一郎氏の口中で咀嚼されているところだった。

「え？　あ、ごめん。食べるんだった？　なかなか手を出さないからてっきりいらないのかと……」

無意識に恨めしそうな眼差《まなざ》しを向けてしまったのか、順一郎氏が申し訳なさそうに詫《わ》びた。気まずそうにテーブルの上の物を片付ける氏はまたも奥へと引っ込んでいく。いや、そこまで責任を感じられることでもないのだが……。

そのあとも我々は議論を続けた。

目下のところ、新たな魔王とツクヨミ君の目的はゲイツ君消滅の謎を解き明かし、彼を救い出すこと――この場合蘇らせると言ったほうが適当だろうか？　――が第一である。今はそれでいい。彼らのミッションを果たすために動くしか私には手がない。

それには、次なるアナザーライダーの出現を待ち、そこから情報を得ていくしかないようである。受け身にならざるを得ない。

それどころか、正史では私は『逢魔降臨暦』を用いて大方の未来の動向を知り、そのうえで行動していた。それは２０６８年から２０１８年に舞い降りたかつてのゲイツ君やツクヨミ君も似た部分があっただろう。

しかし、この新しく上書きされた歴史の中では手がかりとなるものが何もない。まさしく、未知なる未来を探し続けなければならないのだ。

そんな緊迫と焦燥に包まれた空気の中、クジゴジ堂の時計の針はこの新たな歴史でも以前と同じように進んでいった。


結局、私たちは打開策となる妙案を出せないままだった。この日は順一郎氏の厚意に甘えクジゴジ堂に留《とど》まり、夜を明かすこととした。

クジゴジ堂の１階は大きく分けて二つの部屋で構成されている。

一つは、我々が議論を続けた時計屋の店舗となっている部屋。

その奥にキッチンが併設された広めのダイニングルームがある。

この夜、私はそのダイニングルームの壁際に設置されたソファを寝床として拝借した。

順一郎氏は２階に空き部屋があると勧めてくれたが、何故かこの日はこのダイニングルームのソファがしっくり来たのである。

かつて正史では、私はこのダイニングルームで我が魔王やゲイツ君、ツクヨミ君たちと食事をともにした。今は変わった我々の状況ではあるが、この部屋は何も変わっていない。

それを『時が止まったようである』と喩《たと》えるのは誤解を生みそうなのでやめておこう。時間を司る立場にある者としては実にもどかしい問題だ。

このダイニングルームと、先刻まで議場となっていた店舗スペースの間に小さな作業場がある。順一郎氏が時計や、それ以外のものを修理する時に使っているようで、この夜も遅くまで作業用の灯《あかり》が短い廊下に漏れていた。

「オジサン」

2階で寝ていたはずの新魔王である。

「あれ？　まだ寝てないの？」

「うん。寝付けないからちょっと水を飲もうと思ってさ」

新魔王はダイニングルームの冷蔵庫からミネラルウォーターを取り、一口飲んだ。私はそのすぐ横のソファで狸寝入《たぬきねい》りをし、うっすらと開いた目で彼がダイニングルームから出ていくのを確認した。

「オジサン。さっきの話、聞いてた？」

「ん？　お友達の話？　難しそうだから、ほとんどスルーしてたよ。あはは」

「なんかさ、時間の違う他の世界、ってのがあって？　それで、その世界の俺は、王様になるのが夢だったんだって。笑っちゃうよね」

「笑うもんか」

「だって、王様だよ？　笑えない？」

「笑えないね。もし、その時間の違う他の世界ってとこに、オジサンもいて。もし、今と同じようにソウゴ君と暮らしてたら。オジサン、多分その夢、応援しちゃうかな」

「マジで？　そんなの叶《かな》いっこないじゃん」

　順一郎氏は頷《うなず》きながら微笑《ほほえ》んだ、かのように見えた。

「……ソウゴ君。ウチって時計たくさんあるだろ？　もう動かないヤツも結構あるの、知ってる？」

「うん。あれって電池がなくなってるだけじゃないの？」

「いくつかのものは電池を替えたり修理すれば動く。でも、いくつかの時計は直せる職人がいないからこのまま動かないだろうね」

「オジサンでも直せないんだ。そんなの置いてても、時計として意味ないじゃん」

「そうかな？　動かない時計にだって価値を見いだす人はいるよ。それと同じさ」

「どういうこと？」

「オジサンはね、叶うか叶わないかで夢の価値が決まるんじゃないと思うよ。今のソウゴ君の夢だってそうだ。叶うとか、叶わないとか、そんなことは関係なく、夢になったんだろう？」

「……どうだろ。俺は小学生の時、卒業アルバムになんとなくそう書いたら、先生とかに褒められてさ。それでなんとなく持ち続けてきただけだよ。ほら、両親いなかったから、大人に褒められるの、嬉《うれ》しかったのかも」

なるほど。

歴史が新たに書き換わったことにより、我が魔王が少年時代にスウォルツ氏の影響を受けることはなくなった。だから『王になる』という彼の生き方そのものが変わったのだろう。しかし、両親を亡くすことは回避できなかったようだ。

私は誰かの内面を勝手に覗《のぞ》き込《こ》んでしまったような気がして、なんとも言えない不思議な感情を抱いた。

「俺、本当に政治家なんかになりたいのかな？　俺はどんな未来を求めてるんだろう」

「わからないかい？」

「…………」

「そういう時は無理に未来を探す必要なんてないんじゃないかなあ」

――未来を探す必要など……ない……？

「自分が一体何者で、どこから来て、どんなことがあったから、今の自分なのか？　そのことに向き合ってれば、そのうち未来は向こうからやってくる気がするけどね」

穏やかに話す順一郎氏は、親とも、師とも違う、遠さと近さが同居する場所から話しかけていた。少なくとも私にはそう思えた。

「……そうだね。ありがとう……。おやすみ……」

新たな魔王はそのまま階上へと戻った。

私はこの時の氏の言葉が私自身に向けられているような錯覚を起こした。

『自分が一体何者で、どこから来て、どんなことがあったから、今の自分なのか？　そのことに向き合ってれば、そのうち未来は向こうからやってくる』

〝歴史の管理者〟という職務から放たれた時間移動者ウォズ――この行方の定まらない生き方を余儀なくされた今の私にとって、最も難解な問い掛けであろう。

私は何者か？

どこから来たのか？

何がきっかけで今の私に……？

客観的に記録してある『真逢魔降臨暦』の記述は主に我が魔王についてである。私を客観的に振り返るのであれば自らの過去を追跡し直す、それくらいのことをしなければならないだろう。しかし、今やその方法も失われた。

この塗り替えられた歴史の中で時間の移動を行っても、そこにつながる過去か、ここから伸びる未来にしか行けはしない。

それはスウォルツ氏のいない過去であり、オーマジオウのいない未来である。

その証拠に、正史ではこの日、タイムマジーンによって現れるはずのゲイツ君とツクヨミ君は〝現代〟の一員として存在している。私の知る未来はもはやないのだ。

結局、私はあの〝正史〟にしか存在意義はないのか……

これ以上自棄《やけ》になってもむなしいだけと、眠りにつこうとしたその時。

私の脳裏にある光景が蘇った。

——タイムマジーン……？

我が魔王が。ゲイツ君が。ツクヨミ君が。

時間を移動し、過去と現代を行き来していた時の光景が。

私に現状を打開する光明が見えつつあった……

＊＊＊

翌朝。

「未来に行く？」

私の提案を聞いた新魔王とツクヨミ君は頓狂な声を揃《そろ》えた。

その意味を知らずに聞けば、浪漫《ロマン》溢れるタイムトラベルの物語であると思うだろう。

しかし、けしてそうではない。

私の提案は、正史にあるあの2019年の夏の日。我が魔王がスウォルツ氏との決戦を繰り広げる混沌の最中に飛び込もうというものだった。

「それって……未来って言っても本当の未来じゃないよね？」

偏差値高めの新魔王が物事の本質を摑《つか》み始《はじ》める。

「ウォズを時間軸の基準としてたどれば、それって過去……ってことにならない？」

「そのとおりだ。さすがは新魔王。物理が得意科目なだけはある」

「どういうこと？　目的は何？」

ツクヨミ君が警戒心を遠慮なく顔色で表す。

私は夜中に考えたことを説明した。

昨夜のアナザーツクヨミが生まれたのが、2018年〝始まりの日〟である可能性は低い。何故なら、この新しい世界に仮面ライダーツクヨミは存在しないからだ。

仮に昨日、もしくは数日前に生まれていたとしても、この新たな歴史の中でアナザーライダーを生み出すためのウォッチを生成することは不可能である。

と、すればアナザーツクヨミウォッチが作られたのはいつか？

先にも述べたが、アナザーツクヨミは仮面ライダーの中でも極端に短命のライダーである。活動した時間を特定するのは容易《たやす》い。

「その短い時間の中で、必ず何者かがアナザーツクヨミウォッチを生成するはず。その者こそが今回の謎に深く関わっている、という推理に至ったというわけだ」

「確かに……、その現場を捉えればいいってわけか……」

この新魔王は、まだ時間移動の経験もなく、正史のことも概要でしか知らないのに理解が早くて実に助かる。そして彼が続ける。

「でも、問題はあるよ。どうやって上書きされる前の2019年なんかに行けるのさ？」

「ごめん。私、ついてけない」

全国模試1位の女史でもこのタイムパラドックスを理解するのは多少困難なようだ。そこに助け舟を出すのが新魔王である。いやはやなんとも。

「いい？　ウォズの話が本当なら、俺たちはすでに上書きされた2018年の9月にいるんだ。ここにいる以上、2019年に向かうってことは、今いる新しい歴史の延長線上の未来にしか行けないってことでしょ」

「そのとおり。それはおそらく、新魔王もツクヨミ君も大学生となり、アルバイトをしてお金を貯め、車の免許でも取り、サークル仲間と日々を過ごす凡庸な学生生活を謳歌《おうか》している未来であろう。赴いても意味がない」

「なんかその言い方、棘《とげ》があるんだけど」

ツクヨミ君の殺気は時空を超えても変わらない。

「俺の考えが間違ってないなら、その仮面ライダーツクヨミのいる２０１９年になんて行けない、ってことだよね？　そのアナザーなんとかってのを作る瞬間なんて捉えられないじゃん」

「いや。可能性はある」

そう言ってウォッチを取り出す。

「これって……!?」

半壊したアナザーツクヨミウォッチである。

「昨夜のアナザーライダーのものだ。私の足元に転がったのを拝借してきた」

そこで未明にダイニングソファで蘇った私の記憶とつながる。

そう、タイムマジーンに乗り込む光景である。

「私が今、正史と呼んでいる世界の時間を行き来するのに、私や当時のゲイツ君、ツクヨミ君はタイムマジーンというマシンを使っていた。その行き先の年代を特定するのに、使用したのがライドウォッチというわけだ」

ライドウォッチをセットすることで、そのウォッチが作られた時空へタイムマジーンを導く機能があるのならば。アナザーツクヨミウォッチも同様に、かの正史２０１９年の夏、仮面ライダーツクヨミが息吹いた時間に行ける。そう考えたのだ。あくまでも仮説でしかないが。

「むろん消えた時代にたどり着くなど、本来なら不可能だ。しかし、わずかな可能性が残っているならば試してみる価値はある」

机上の空論。言ってしまえばそれまでである。

しかし、今のところ唯一の被害者は彼らの友人である。二人に考える時間はさほど必要なかった。

「ゲイツを救う道が、2019年に行くしかないなら……」

「うん……！　本当に行ける確率は……五分五分ってとこだけど……」

インテリジェンスの備わった新魔王には正史の時のようなキレはないものの、彼らも腹を決めたようである。

私は半壊したアナザーツクヨミウォッチの修理を順一郎氏に依頼した。

「珍しい時計だね……。見たことない部品が多いからちゃんと直せるかわからないけど……とりあえずやってみるよ」

心配には及ばない。未来の品を修理するという無茶を氏に頼むのは初めてではない。かつて正史の世界ではたびたび頼んでいたことだ。私の確信が、異なる時空にも通じるのであればウォッチは直る。

アナザーウォッチの修理が終わるまでしばしの時間が必要となる。

「ウォズ……」

少しの間、外の風に当たろうとした時、新魔王に呼び止められた。

「なんだい、新たな魔王」

不思議なもので、昨夜あれほど正史の自分が抱く夢に低体温な反応を示していたこちらの常磐ソウゴだったが、私のその呼び方に慣れたのか、いつの間にかこの呼称を受け入れてくれた。

「２０１９年に行って、ウォズの言う〝謎〟っていうのが解決できれば、ゲイツはちゃんと蘇るのかな？」

「保証はできないが、謎さえ解ければ、おそらく」

今はそうとしか言い表せない。

「………」

懸念があるのだろう。新魔王の顔つきは見通せない〝解〟に対し思考を続ける研究者と同じだった。

「何か？」

「まだちゃんと理解できてないんだけどさ、俺たちが上書きされる前の２０１９年に行けたとするじゃない？　そこで、その時間にいる俺や、ツクヨミや、ゲイツや、ウォズに会っちゃったら、おかしな影響が出ないかな？」

　確かに。２０１９年の我が魔王たちが、この新魔王やツクヨミ君に逢ってしまったら混乱の極みであろう。また、説明したらしたで、最終的に我が魔王が取る選択に影響を与えてしまうかもしれない。そうなったら……

「新魔王、君の言うとおりだ。私たちは２０１９年で、その時にいる自分たちに会うわけにはいかない。それをタスクとして加えておこう」

「俺たち、ちゃんと戻ってこられるよね？　この２０１８年に」

「もちろんだ。君たちだけは必ずこの世界に帰そう」

「ウォズは？」

「私？」

「うん。ここには戻ってこないの？」

　そう問われて私は返答に困った。そもそも私はこの上書きされた世界の住人ではない。歴史の管理者として、歴史を俯瞰《ふかん》する存在に過ぎないのだ。そんな私に戻る場所などあるのだろうか。万が一、戻るところがあったとしても、それはこの〝始まりの日〟を起点に進む２０１８年ではないだろう。

　そう考える私に、昨夜聞こえた順一郎氏の新たな魔王への言葉が蘇る。

『自分が一体何者で、どこから来て、どんなことがあったから、今の自分なのか？　そのことに向き合ってれば、そのうち未来は向こうからやってくる』
今回の事件の謎の根源にたどり着いた時、私の向かうべき未来と立ち会うことができるのだろうか……。

ウォッチの修理は半日強ほどで完了した。

私は順一郎氏から修復済みのアナザーックヨミウォッチを受け取ると、氏は何かの入ったビニール袋を私に渡した。

「これね、アップルパイ。どこに行くのかよくわからないけど、道中お腹空《なか》いたら食べて。ほら、昨日僕、食べちゃったからさ、朝作っておいたんだ」

「わざわざ、申し訳ない……」

「ああ、気にしないで。よく作るんだよ。たまにお客さんにも配るとこれが好評でね。クジゴジ堂さんがパン屋やってくれれば毎日買いにくるって。あはは……ウチ、時計屋なんだけどね……」

幾度となく聞いてきた自虐にも聞こえる順一郎氏のこの言葉だが、自分が予期していないことを受け入れる——たとえば突如生じた甥の不幸によってその息子、姪孫《てっそん》を預かり育て上げるという天命すら請け負う、氏の本質を表している気がした。

かくして、私たちは２０１９年という暦としては未来に存在するが、概念としては過去に位置するなんとも怪奇な時間移動へ向かう。

まず我々はクジゴジ堂から少し歩いた場所にある小高い丘へと赴いた。

今でこそ地元民のための神社が建立《こんりゅう》されているこの高台は、数百年前、この地を治めていた武士が北方から攻めくる侵略軍を想定し、砦《とりで》を築いて利用していたそうだ。それこそこの神社のあたりは、樹齢100年以上と思われる樹々《きぎ》が残り、様々な建築物が乱立する首都圏の様相とは一線を画していた。

私は高台の南東側にある崖の下に大木が数本、密になって聳《そび》え立《た》っているのを見いだしていた。スダジイであろうか、このブナ科の常緑樹は、初夏になると芯の強い緑葉を纏い、真夏は日中、周囲に色濃い影を作る。この崖のあたりもこのスダジイのおかげで周囲からは死角となっていたのだ。

私はタイムマジーンの停泊地（この場合、駐機と言うべきだろうか）をここに定めていた。

「何……これ……!?」

最初に反応したのがツクヨミ君だった。いや、それに乗って君は2068年からやってきたのだが。

「へえ……これで時間移動を可能にするのか……。あ、ハードディスクにOSが存在するって概念は未来も変わらないんだね。てっきり今の時代じゃ想像できないようなデバイスが発明されてるのかと思った……」

早速コクピットに乗り込み内部の機器を刮目《かつもく》する新魔王は理系な好奇心を働かせていた。

「本当に未来から来たんだ……」

コクピットの内部をまじまじと眺めながら呟《つぶや》くツクヨミ君は、どこか滑稽に思えた。何度も言うが、君はこれを自分で操縦して現代に来たのだ。

「いつ頃作られたものなの？」

実のところこのタイムマジーンというものが一体いつ、誰の手によって発明されたかは明らかではない。少なくとも２０６８年以前である、としか言えない。

「ハンドルとかスイッチとかタッチパネルとか、未来もかなり手動に頼ってんだね。てゆーか相当アナログじゃん。脳神経から出る物質とかを使ってコントロールしろ、とか言われたらどうしようって思ってたから安心したよ」

いや、私の顔を見ながら言われても困るのだが。どうやら新魔王にとって私も〝思っていたよりアナログな未来の一部〟と認識されたらしい。思うところはあるが、親近感を抱いてくれたのならよかった、ということにしておこう。

「さあ、出立《しゅったつ》の時だ」

私はマシンのシステムを起動させた。

ヴ……ン、と機内に内蔵されたインバーターが稼働するとコクピット内は青白い光が浮かび上がる。

高速のモーター音が機内に響き渡り、直後、ふわりと重力の低下を感じる。機体が地上から浮かび上がり、空中へ舞う。

「おおおお……！　浮いた！　助走なしで！」

己の前にサイエンス・フィクションの世界が現実として広がれば、古今東西、男子はこのように目を輝かせるのだろう。

「やばっ……。薬忘れた……、ドラッグストア寄ってくれない？」

女子は常に現実的だ。これは不変のものであろう。

「この機体で商店街に行っては騒ぎになる。すまないがあとにしてくれ」

「いやいや、無理無理無理無理。ダメなのこういう浮遊感……うえええ……」

「ウォズ！　エチケット袋どこ⁉」

タイムマシンにそんなものは備え付けられてはいない。

「酔い止め薬は？　私、車乗る時いつも持っておくのに……今日に限って……うえええ……」

この世界のツクヨミ君が乗り物酔いしがちなことに突っ込みたくて仕方なかったがそこは流すしかなかった。ちなみにタイムマジーンは車ではないのであしからず。

私はそのままタイムリープを決行することにした。

アナザーックヨミウォッチを取り出す。操縦機のレバーのすぐ近くにライドウォッチを装填する台座がある。私は半ば祈るような気持ちでウォッチをセットする。いわば時間旅行を可能にするパスポートである。

――行ってくれ。

ほどなくしてタイムマジーンの機能を司る中枢が応えた。

新魔王曰く〝相当アナログ〟なディスプレイに行き先が表示される。

『２０１９』

「よし！」

思わず声に出てしまった私を見て、すぐに新魔王は状況を察知した。

タイムマジーンの前方に時間移動の扉――特別な呼称はない。仮に亜空間の入り口とでも呼ぼうか――が生まれる。そしてこのビークルは一気に加速し、その時間旅行のゲートに突入していく。

ここから先の経過はそう長くはない。ただちに出口が見つかるはず……

ズズン！

到着後のことを考えたその矢先だった。

外部からの物理的な異常を機体が捉えた。

即座にモニタにて確認する。確認できたのは私たちの後方だった。

それは亜空間内を滑走するもう一機のタイムマジーン。

「……⁉　タイムマジーン……⁉　どういうことだ……⁉」

隠せない困惑が口から漏れ出したのとほぼ同時に、後方のタイムマジーンは我々に対し砲撃を始める。

「きゃあああぁッ！　何なのアイツ！　反撃できないのッ⁉」

ツクヨミ君も乗り物酔いどころではなくなった。

「この状況で反転するなど命取りになる」

「じゃあもっとスピード！　振り切らないと！」

「いや、それも無理だ……！　相手はスリップストリームに入ってる……！」

物理的な現象に明るい新魔王の指摘。相手に有利なこの状況を彼は瞬時に察知したようである。

スリップストリームとは。高速走行（この場合飛行だが）する物体はもろに空気抵抗をうけることになる。するとその物体が盾となるような原理となり、物体のすぐ後ろの気圧は下がる。よって違う物体が追尾した場合、前者の物体よりも加速が容易になる現象のことを指す。

この亜空間にはなんらかの気体が存在するという新発見は置いておき、今の我々にこの追撃を回避する力はなかった。

相手の追撃より先に目的地の出口から脱出する以外は。

タイムリープのゲートまであとほんの数秒。なんとか凌げないか。

ハンドリングで機体を左右に振るものの、それは足掻《あが》きである。私たちの乗るタイムマジーンの後部が相手の照準から外れることはない。

「見えた！」

2019年。その出口が見えた時。

容赦のない砲撃が私たちを襲った。

亜空間に爆発が一つ起こった。

＊＊＊

暗闇。

横たわり、目を閉じながらも私は、その場に光がないことを感じていた。

いや、それは確信といってもいい。

何故ならそこはかつての私にとって、最も慣れ親しんだ空間であるからだ――

亜空間で爆発が生じたその瞬間、それでも私は燃えていく機体の軌道を修正しようと試みた。しかしその努力もむなしく、我々の乗るタイムマジーンは推進力を失い、コントロールは不能となった。と、同時に爆煙が私たちを飲み込んだ。

そこで私の記憶は途絶えている。

それから次の記憶は、ひんやりとしながらもどこか他人事《ひとごと》ではない床の感触である。

私は気を失っていたようだ。

視覚以外の感覚を頼りにその場がどこか推察する。ただ、その解にたどり着く時間は不要だった。

1年に渡る我が魔王とその仲間たちの旅路。その経過を逐一私は報告していた。あの『逢魔降臨暦』を手に。この場所で……。

「やあ、気がついたようだね」

聞き覚えのある声。そしてそれは生涯好きになれない声でもある。

レコーダーなどで録音した自分の声を好きになれない、というのは多くの人にある現象のようだ。

その理由として様々な説が唱えられているが、空気を伝って耳から聞く声に比べ、骨を伝って内部から届く声のほうが、大きさも体感する響きも安定している。結果、脳が心地よさをより感じるのだという。一方、空気を伝わり耳から入る自分の声は、骨から伝わる自分の声の印象が強いこともあって脳に違和感を与え、それゆえの拒否反応が強いのだそうだ。個人的にはその解釈が腑に落ちる。

　しかしこの場合、そのような理屈は関係ないのかもしれない。

　この声の主には近親憎悪を超えた嫌悪感を抱いてしまうのだ。

　私は目を開け、忌み嫌う対象を視界に入れた。

「まさか君がここにいるとは……」

　白ウォズ。

　私の存在した時間軸とは違う未来にて生まれた私自身。ある意味、正史に存在した我が魔王に対し、塗り替えられた歴史に新たな魔王が生まれたのと似たような構図である。

　その声帯は私のものと同一であろうが、奴の声を自分の声だなどと認めることは絶対にありえない。

「まあまあ。そんな目で見ないでくれ。とりあえず君の帰還を歓迎しよう」

「帰還？」

「ああ。君は必ずここに帰ってくると思ったよ。君の戻る場所はここしかないからね」

『戻る』。今の私に精神的な圧をかける言葉としては最適なものである。

「何が言いたい？」

　私は奴の真意に向き合う気はない。しかしその気持ちと裏腹に言葉は奴との論争を望む。

「思っていたんじゃないか？　自分に戻る場所などない、と」

「………………」

「しかし本当は気づいてたはずだ。君にはこの場所があるってことを。君が淡々と歴史を俯瞰していたこの場所がね。でも君はその発想にたどり着くのを最初から拒否した。違うかい？」

さすがもう一人の私である。嫌なところを突く。

「以前、ここにいた君は歴史の管理者だった。ゆえに、常磐ソウゴや彼の仲間たちに対してもどこか優越感を抱いていたはずだ」

「……確かに、そういう部分はあったかもしれない」

「ふふ。自覚しているかい？『そういう部分はあった』と言うということは、君にとってもはや過去の話になっているということだ」

白ウォズの言葉を否定はしない。しかし肯定もできない。

私は何も返せなかったのだ。

「君はこの暗闇に包まれた空間が自分の戻る場所であるという事実を拒否していた。それは歴史を管理する側であると信じていた自分が、結局のところ、歴史の傍観者でしかなかったと気づいてしまったからだ。ここを戻る場所と定めてしまっては、自分が傍観者であることを認めることになる」

奴が何をどこまで見通せているか、それはわからない。

それでも憎らしいほどに私の真意を引き出し続ける。

「しかし君はここに戻った。認めたんだ、自分が傍観者であると。それは正しいことだと断言しよう」

「白ウォズ、君が正しいか否かでものを語るとは予想外だな」

「フフ」

私の皮肉は奴の余裕の微笑みで躱された。

「言っておく。これ以上自分が歴史を作る当事者であるなどと思い上がるな。破滅を招くだけだぞ」

「それは警告か？　それとも……」

問いかけたところで白ウォズは闇の中に消えた。

ウォズ……！　ウォズ……！

私を呼ぶ声に反応し、再び目を開く。

空は曇天。いや、灰色の空の中には一部黒い雲が混じっている。おそらくはそう遠くない場所で雨が降っているのだろう。

空を呆然《ぼうぜん》と見ていた私の視界に新たな魔王とツクヨミ君が入ってきた。

「よかった、生きてる……！」

そこは見晴らしの良い広場の一角。すぐそばには大破したタイムマジーンが不時着していた。

「夢……!?」

つい今しがたまで、あの闇の空間にて白ウォズと話していたと思っていたが、どうやら私の見ていた夢だったらしい。ということは、白ウォズの言葉は私の心理的なものなのか。

「何回呼んでも意識が戻らないから死んだかと思ったよ」

「勝手に殺さないでくれ、新たな魔王。それで、ここはどこだかわかるかい？」

「わからない。でも、私たちがいた2018年9月じゃないのは確かだと思う……」

スマートフォンを操作しているが、電波がつながらないらしい。こういう時にその場に新聞のような、電波に頼らずとも時代がわかるものがあるとありがたい。

「問題はこのタイムマジーンだ。ここまで損傷が大きいと修理してなんとかなるレベルではない。今、ここがどの地点かわからないが、目的地である2019年〝最終決戦の日〟にタイムマジーンでは移動できなくなってしまったようだ」

「ってことは……俺たち、戻れないんじゃ……？」

急激な不安が私たちを飲み込もうとする。

その時だった。例の〝寒気〟が私の皮膚の表面から毛細血管を経由し、体の芯部を走る神経にまで伝導する。

「これって……」

一度、アナザーライダーの出現を経験した二人はその場の空気の異変を察知した。

我々の前に現れたのは、赤と黒の入り混じったボディに蝶《ちょう》のような形状のマスクの怪人。私たちのよく知る姿のリデザインであると瞬時に理解した。

アナザーゲイツである。

「今度はゲイツ君のアナザーライダーのお出ましとは……」

アナザーゲイツの歩行はゆっくりではあるが、その同一線上にいる我々に向かい他には目もくれず前進する。最初から私たちが狙いだったことは容易に想像がつく。

ここで一つの予測が立った。

あの亜空間での襲撃の主。あれはおそらくこのアナザーゲイツであろう。

その目的は？　我々を阻む？　抹消する？　標的は新たな魔王か？　ツクヨミ君か？　それとも……

脳裏に憶測がよぎるなか、奴が動く。急加速する先は……新魔王である。

「変身！」

私はすぐさま反応し、ミライドウォッチを装塡、仮面ライダーウォズとなった。そして奴の突進する先に割って入り進撃を止めた。

「新たな魔王、私が相手をしている間に！」

彼の戦歴はわずかに一度。仮面ライダージオウとなるまでの流れもスムーズではあるまい。しかし我が予想に反し、新魔王はアナザーゲイツの圧力に屈せず、すでにライドウォッチを装塡、ジクウドライバーを回転させていた。

「いくぞ！」

勢いよく戦闘に加わり、早くもアナザーゲイツに強打を与える。その流れは戦いに慣れた2019年の我が魔王と比べても遜色がない。

変身前は同じ顔、同じ姿形、同じ声でもかつての我が魔王とどこか異なる新たな魔王である。しかし、仮面ライダージオウとなると話は変わる。おそらくその動作は隣にもう一人のジオウがいても区別は難しいかもしれない。私には、まるでジオウのバトルスーツが彼の戦闘への適応力を引き上げているように思えた。

そしてアナザーゲイツは明らかにジオウの強打の連続に戸惑った様子であった。

剣として繰り出されるジカンギレードのインパクトに少しだけ後ずさったアナザーゲイツは、損傷した胸を押さえたのち今一度構え直した。そして、奴の両腕の先端がアックスの形へと変形する。

その様子はあたかも、『戦歴の浅いジオウがここまでやるとは想定していなかった』という私と同様の思考の持ち主が、『ならば本腰を入れよう』と戦闘のギアチェンジをしたかのようである。

そこでまた私の推測が脳をかすめる。

このアナザーゲイツは、新たな魔王や我々の事情を知っている？

私と同じように歴史を俯瞰で見ている者か……？

その可能性を感じつつも、すぐさまアナザーゲイツの反撃に集中せざるを得なくなった。

斧《おの》と化したと思っていた奴の腕から無数の矢が放たれたのだ。

「く……ッ！」

咄嗟に弾いた、までは良かった。

「きゃあッ！」

弾かれた矢の一つがツクヨミ君のすぐ足元に刺さる。

「ちょっとウォズ！　危ないでしょ！」

「ツクヨミ君！　君はタイムマジーンの陰に避難していたほうがいい！」

「わかった！」

このアナザーライダーの狙いが非戦闘員であるツクヨミ君であるならば今の機会を逃すわけはないだろう。我々の意識は完全に奴に惹きつけられ、ツクヨミ君への襲撃の可能性を考えず彼女への警戒を怠っていたのだ。最初のジオウへの突撃はフェイクとして利用し、本当の狙いをツクヨミ君とするならば、今の襲撃の瞬間こそが最大の好機だった。

だが、奴の矢はツクヨミ君に向けられたものではなかった。

ツクヨミ君が狙いでないとすると……

ほんの一瞬、頭にスウォルツ氏の顔がチラついた。常磐ソウゴの少年時代より最終決戦に至るまで、スウォルツ氏は一貫して我が魔王を標的としていた。

――此《こ》の期《ご》に及んでまさか……⁉

排除はできない可能性を前に私の中の嫌な予感が増幅する。この目前の敵がスウォルツ氏の刺客であれば厄介極まりない。

私は前の夜と同様、ギンガミライドウォッチを起動させた。

あちらが本気のモードに入ったのなら、こちらも本気で迎え撃つしかない。私はギンガファイナリーとなり、シンボリックなマントを翻した。

そしてそのまま奴に向かって突撃していく。

遅れて新魔王も突進。

私の攻撃に共鳴するように、ジオウの拳が真紅と漆黒の交わるアナザーライダーの胸部に炸裂する。

奴は拳の威力に圧《お》され後方に吹っ飛ぶが、すぐに体勢を整えた。

またも矢が放たれる。

今度はジオウも私も上空へ跳んだ。

それを見越していたかのようにすでに上空で待ち構えていたアナザーゲイツは右手を振りかざしていた。

一閃《いっせん》。

鋭く降ろされたアックスの攻撃。

「ぐうああッ！」

火花を散らしながら私もジオウも地面に叩《たた》きつけられた。

アナザーゲイツの腕はアックスと弓矢が一体となったもの。これは仮面ライダーゲイツの武器、ジカンザックスを模して再構築されたものなのだろう。すぐさま弓による追撃が始まる。

「くっ！」

新魔王はジカンギレードにて難を逃れ、私もすぐさま矢を躱しきった……と思いきや、複数の矢がマントを貫き、そのまま地面に刺さった。

「なんという……！」

身動きがとれなくなってしまった。

アナザーゲイツはすかさず私の陥った状況を認識するが、新たな魔王は隙を与えず攻勢に出る。ジカンギレードと斧による接近戦。アナザーゲイツの圧力はジオウのバトルスーツに確かなダメージを与える。新魔王は後退した。

「ぐああ……」

決定打に至らなかったのは不幸中の幸いだった。

「すまない、新たな魔王……」

マントから矢を抜いた私は体勢を整え戦列に戻る。

まさか、マントを利用して私の動きを封じたのは、偶然？　そんな疑念が生じたタイミングだった。

轟音《ごうおん》が轟《とどろ》き大地が大きく揺れだした。

「何……これ……!?」

タイムマジーンの陰に隠れていたツクヨミ君が周囲を見渡す。

それに釣られ、私も同じ方向を見やる。

そこには大地から空へと向かう、建造物というにはあまりに巨大で、自然現象と呼ぶには明らかに意図のある構造物が現れた。

「壁……!?」

　ツクヨミ君が疑問のように呟くのも無理はない。壁と認識するには脳内で『壁』という言葉の概念をすぐさま改変しなければならない。それほど人智《じんち》の及ぶ規格から大きく外れたものだった。

　そう。スカイウォールである。

「なんなの……あれ……⁉」

　仮面ライダービルドの歴史に存在した国を分かつ壁。あの最終決戦の直前、スウォルツ氏が出現させたということを記憶している。

　人々は逃げ惑い、街は混乱に満ちた。

　悲鳴が重なり喧騒の波へと連なる。

　今度はどこからか湧いた異形の集団が大衆に襲いかかる。これもビルドの歴史の中の者たち、〝スマッシュ〟であったはずだ。

　今起きていることは、まさにあの決戦の日を彷彿《ほうふつ》させる光景である。

　ということはつまり。

「どうやら我々は目的地の寸前の所まで来ていたようだ……！」

　あの巨大な壁が出現してしばらくしたのち、我が魔王は最終決戦を迎える。

　決戦の最中、ツクヨミ君が変身し仮面ライダーツクヨミがこの世界に現れる、歴史がたどるのはその道のりのはずだ。

「どちらにしろ、このアナザーゲイツを突破しないといけないことに変わりはない」

スカイウォールの出現による大地の振幅があまりに大きく、私たちと奴の戦いは一旦止まっていた。しかしこのアナザーライダーは現状の事態に狼狽《うろた》えた様子はない。

静かに構え、戦闘の継続の意志を露にする。

あのようなある種の天変地異が起きても動揺するどころか、初志貫徹を崩さず我々を狙い続ける姿を見て、一つの疑念が湧く。

――このアナザーライダーは、スカイウォールが出現することを事前に知っていたのか？　であるとすると、奴は私と同じ俯瞰から歴史を見ている者となる……

前夜、ジオウⅡの力により撃破したアナザーツクヨミは、その苗床となる人物が消えた。

存在していたのか、それとも存在していないのかもわからない。

「君を倒して謎を一つ一つ解いていかねばならないようだ……」

私は盤面が太陽のイメージへと変わったギンガミライドウォッチを装填する。

『灼熱《しゃくねつ》バーニング！　激熱《げきあつ》ファイティング！　ヘイヨー！　タイヨウ！　ギンガタイヨウ！』

私のマスクが熱を帯びる瞬間を感じる。

仮面ライダーウォズ　ギンガタイヨウフォームである。

そして私の動作の流れを紡いで、新たな魔王はジオウⅡへと変身した。

我々はシンクロするように同時にスタートを切る。

ジオウⅡのキックが炸裂し、その衝撃を受け後退したアナザーゲイツに今度は私の繰り出す拳が炸裂する。

私たちの攻撃は見事に連動した。

アナザーゲイツは受けたダメージに比例するように片膝を地に落とした。

ジオウⅡの速度とパワーはジオウのそれらを倍以上に掛け合わせたものである。単純に言うが、それによる身体《からだ》への反動、負荷はその程度で済まされるものではない。もし新魔王の体にかかる負荷を数値化できたとしたらⅡ倍など優に超えるであろう。

それを仮面ライダージオウとして戦い始めて２日、戦闘の経験がわずか一度しかない青年がここまでの耐性を持てるものだろうか？

訝しみつつも私はそのまま奴を仕留める作業に入る。

「このまま行くぞ、新たな魔王……！」

火炎の攻撃――バーニングサンエクスプロージョンを繰り出そうと試みた。

ところが、幕引きへの協力を促したはずの新魔王が私の腕を摑み制する。

「……ウォズ……やめたほうがいい」

「どういうことだい？　新たな魔王……」

「……よくわからないけど、行けない確率が高い……」

突然の躊躇。彼の神妙さは気まぐれなものではなく、根拠のある困惑に見えた。

「……もしや……何か見えたのかい？」

問うたと同時であった。アナザーゲイツの超速の打撃が私とジオウⅡを襲った。

いや、正確にはアナザーゲイツではない。真紅と漆黒に彩られた怪人は、いつの間にか蒼黒《そうこく》の姿へと変貌していた。

「よもやアナザーライダーがパワーアップを果たすとは……！」

アナザーゲイツリバイブ疾風《しっぷう》とでも呼べばいいか。アナザーライダーが強化変形するのはアナザージオウからアナザージオウⅡの流れ以来である。

アナザーゲイツリバイブ疾風は速度を上げ、死角から何度も我々を急襲する。

それは獲物の遥《はる》か頭上から急襲する猛禽類のように的確で、地を、宙を自在に利用し我々を追い込んだ。

「く……！　奴を捉えるぞ……！」

ギンガファイナリーの特異な能力は大きく分けて二つ。一つはジオウⅡ同様、オリジナルのウォッチを持たずともアナザーライダーを仕留められること。そしてもう一つは〝重力〟を支配下に置けることである。

私は宙に浮きアナザーゲイツリバイブ疾風に迫った。

「待ってウォズ！」

ジオウⅡがそれを追う。

地上から木の上、電柱、ビルの上。そして空中。

奴を追い続けるうちにその背後を捉えるまでに迫った。

「ギンガファイナリーの力をあまり甘く見ないことだ……！」

自分に活用していた重力エネルギーを奴の背後に仕掛ける。

俊敏な動きは一瞬にして鈍化。先の亜空間では迫り来る敵を振り切ろうともがいていたのは私たちだったが、今や形勢は逆転である。

「スピード勝負は互角かもしれないが、重力までは味方につけられなかったようだ」

私はこの超速の持ち主をビルの屋上に叩き落とした。

続いて私もそこに降り立つ。

「これまでだ……！」

駆けつけたジオウⅡがまたも割って入る。

「ウォズ！　ちょっと待ってって！」

「やめるんだ新たな魔王。このアナザーライダーの力を一体誰が利用してるのか？　それがわかれば謎の解明に近づくはずだ……！」

元来私が敵を仕留める際、大義など不要な考え方である。

躊躇なく私はバーニングサンエクスプロージョンを見舞った。

アナザーゲイツリバイブ疾風は巻き起こる炎の中で大破し、私はその力の主人を確認しようとした。その時である。

「いやあああああっ！」

地上のツクヨミ君に異変が起きた。体が発光し、結晶のように分解し、その粒子が消滅していくのだ。

「ゲイツ君と……同じ……⁉」

「だから待ってって……」

「どういう意味だ……⁉」

「わからないけど、一瞬見えたんだ。アナザーライダーをウォズが倒した途端、ツクヨミが消えるのを……！」

消えゆくツクヨミ君のもとへと向かった。

「……新たな魔王は……未来を予知したのか？」

ならばもう一つのジオウⅡの能力、時間を逆行させることも可能であろう。しかし、それを言ったところで今の彼は足を止めないだろう。

私も魔王を追おうとする。その際に、半壊したアナザーゲイツウォッチが転がるのが視界に入った。

そこで気づく。アナザーツクヨミの昨夜と同じく、アナザーライダーの力を行使した者の姿がない。

「おかしい……さっきまで戦っていたのは一体……？」

思わず呟いてしまった。そして予期せぬ応答が返ってきたのだ。

「彼らは役目を終えた。ただそれだけのこと……」

私の後方から聞こえた言葉。

その声の主人の存在が私の皮膚を突く。

あの寒気である。

私の視線は惹きつけられるように一点に向けられた。

３人目のアナザーライダー。

メタリックなホワイトのボディにシアンとライトグリーンを纏い、幅広の漆黒のラインが闇を表しているような怪人。

アナザーウォズである。

「……笑えない冗談だ」

「冗談などではない……」

奴の台詞《せりふ》が嘲笑に聞こえた。

その直後だった。それこそ私が先ほど躊躇なく炸裂させた業火の攻撃を今度はアナザーライダーが繰り出したのである。

「ぬあああああっ！」

その衝撃で私の仮面ライダーウォズのスーツが解かれた。

アナザーウォズはゆっくりと私に近づく。

「そ、ソウゴ……！」

「ツクヨミ……ッ！」

ビルの下ではツクヨミ君が消滅しかけている。魔王に救う手を報《しら》せるならば今しかない。

しかし、それを阻んだのがアナザーウォズだった。

「させない。あくまでもついでではあるが、彼女もこのまま消えてもらう」

「ついで……？　お前の標的は……まさか……」

──最初から私だったのか……⁉

私の回答を聞くまでもなく、奴は頷いた。

そして私に今一度バーニングサンエクスプロージョンを繰り出した。

２０１９年〝決戦の日〟への再訪は、思わぬ形で幕を閉じた──。

第Ⅲ章

ワン・モア・タイム，ワン・モア2019

嗅覚と記憶は密接に関係している。

匂いの情報は、その分子が人間の鼻腔《びくう》から人の体内へ進入し、鼻の奥にある篩板《しばん》という部位の隙間を通過したのち、前頭葉の下部に位置する嗅球《きゅうきゅう》という受容体に結合する。その際に信号として処理されたものがおびただしい数の神経細胞に伝達される。

この一連の作用で人は〝匂い〟を〝感知〟する。

そののち、情報は『記憶』と『感情』の処理を司る海馬《かいば》と扁桃体《へんとうたい》という部位に到達するのである。

匂いから特定の記憶が鮮明に蘇るメカニズムは、これら脳の処理の手段がゆえんである。それは人間が母体から生まれてまだ数ヵ月と間もない時期から機能し始める『嗅球』と『脳』を駆使して、本能で生存の確率を上げようとするために獲得したシステムであるという向きもある。

しかし、死の瞬間に、この匂いと記憶が直結する生存のためのカラクリが必要であろうか？

私はアナザーウォズの繰り出した業火により宙へと放り出された。

『思わぬ形で幕が閉じる』

この思念が私の海馬と扁桃体――先に述べた『記憶』と『感情』を処理する脳の部位

——を覆ったのは他ならぬ、私の衣服や頭髪の一部が、瞬間的に燃焼する〝匂い〟を痛烈に感じ取ったからである。

意識が遠のいていく中、私の脳の海馬はある記憶を蘇らせた。


すべてを焼き尽くすあの最恐最悪の業火。

火炎の揺らぎの先に存在する、かの絶対的魔王の輪郭。

私の目前に広がるあの映像。そして——

『ウォズ、何故だ⁉』

仮初《かりそ》めの〝戦友〟の声。


そんなことを思い出している間に感覚は遠のいていく。

そろそろ本格的に幕が閉じる頃なのだろうか。最期の瞬間に脳裏を流れる映像がこれとは、なんとも皮肉な……

「ウォズ！　ウォズ！」

——いや、もういいだろう。これ以上記憶の声に苛《さいな》まれるのは勘弁してほしい。

「ウォズッ！　おいッ！」

私は強引に揺さぶられる。頰の筋肉が微妙に左右に振れるのを感じた。

「いい加減にしてくれないかッ！」

あ。起きてしまった。

「よかった……。大丈夫、ウォズ？」

死の淵《ふち》——実際はそんなおおげさなものではなかったのかもしれないが、このままでは格好がつかないので敢えてそう呼ばせてもらう——から帰還した私の前にいたのは、他ならぬ魔王であった。

ということは先ほどから私に呼びかけていたのも彼の声であろう。

「……君が助けてくれたのか、新たな魔王……」

「新たな魔王？　何それ……？」

すぐさま違和感を覚えた。

彼は端整な骨格のうえ、両頬には痛々しい傷がある。何よりその表情は、つい先ほどまでに比べると精悍さが増しているように見受けられた。

私はハッと気づく。

「〝我が魔王〟か……⁉」

「何言ってるのウォズ？　頭打った？」

私の後頭部を心配する。

「それより……大変なんだ……。スウォルツが……」

「スウォルツ氏が？」

「うん……それにあの壁……。あれは確か……」

「皆まで言わないでいい、我が魔王……」

私はすべてを理解した。

この常磐ソウゴは２０１９年、スウォルツ氏との最終決戦に向かう直前の〝我が魔王〟である。

急激に私の胸中、臓や腑をつなぐ精密な神経細胞や自律神経とは明らかに違う何かが、かつての私の知り得ない不可思議な感覚を生み出す。

それは喜怒哀楽とはまたある種違った、理解しがたいものである。

ただ、今は何らかのきっかけでアップデートされてしまった私の感性などに向き合っている余裕はない。

そもそもこの時間移動を行う際、新たな魔王とともに設けたタスクを忘れてはならない。

『私たちは２０１９年で、その時にいる自分たちに会うわけにはいかない。それをタスクとして加えておこう』

今この瞬間の私の言動が、最終的に我が魔王の取る選択に影響を与えてしまっては元も子もないのだ。

冷静さを取り戻し周囲を見ると、そこは先ほどいたビルではなく、違う建物と建物の間の細い路地だった。

想像するに、あのアナザーウォズの攻撃を受けた私は、その衝撃に巻き込まれ吹っ飛ばされた。その時、偶然か、はたまた何かを感じ接近していたのか。それは定かではないが、この2019年の我が魔王が私を爆炎の中から救い出した、ということだろう。

私は海馬をフル稼働させ、正史2019年のこのタイミングの前後に起きているであろう事象を、記憶の中から瞬時に引き出した。

——スカイウォールが出現した時、私はゲイツ君やツクヨミ君とともにクジゴジ堂にいた。

——行方不明だった我が魔王がクジゴジ堂にたどり着いたのはそのしばらく後のことだった。

——我が魔王はビルドライドウォッチの破損に気づき、壁やスマッシュの出現に関連していることを見いだした。

——その際彼は、スウォルツ氏と接触したことを否定しなかった……

——そののち、我が魔王はツクヨミ君とともに少女時代のツクヨミ君のいる時空へと向かった。

これらは『逢魔降臨暦』に記されている47つ目のエピソードであるはずだ。

そしてこのことから逆算して読み解くと、我が魔王はつい今しがたまでスウォルツと接触していた。そして、クジゴジ堂へ向かう道すがらこの私と遭遇してしまった、ということになる。

あろうことか、この時空の我が魔王に影響を与えてはいけないと言っていた私自身が、最悪なタイミングで彼と鉢合わせしてしまったのである。

「ウォズは何でココに……？　さっき受けてた攻撃は……」

「いや、今は私のことよりもスウォルツ氏や、あの壁に対処するのが先だ。違うかい、我が魔王……？」

私は我が魔王の追及を躱す。

久方ぶりに演じる魔王の従者としての振る舞いは、いささか仰々しさが滲み出てしまったか。しかし彼には気にとめるほどの問題ではなかったようだ。何しろ目の前で起きている事象が大きすぎる。

「……そうだね」

彼の両の目は今一度、王として〝今〟為《な》すべきことを見据えた。

「それでいい。君は先に行ってくれ。傷が癒えたら私もすぐに行く。と、言っても時空を跨《また》いで先回りしているだろうが、そのことは気にしないでいい」

詭弁《きべん》である。

瞬間移動まで自在にこなせるほど、歴史の管理者は万能ではない。

先にも述べたように、この時間軸にいる本来の私はクジゴジ堂にいる。このあと、我が魔王が到着すると、今彼の目の前にいる私とは違う〝本来のウォズ〟が待っているのだ。その時に混乱してしまっては困る。

私はとりあえず2019年の私のフォローをしておいた。

「わかった」

我が魔王は頷き、走っていった。

想定していなかった再会。この時空の彼とまた巡り会う機会が訪れようとは。

そして、これが〝我が魔王〟との最後の対面であったことを実感した。

アナザーライダーに受けた傷を押さえつつ見やると、走り去る我が魔王の背中が見えなくなっていった。

——さて、と。

不意に私の道が絶たれたことを実感する。

今や時間移動を可能にするタイムマジーンは破壊されたのだ。

そしてこれより間もなく先ほどまで目の前にいた2019年の我が魔王が、スウォルツ氏と対決し、その結果、オーマジオウの能力を用いて歴史を塗り替える。

そこに巻き込まれたら、私や、２０１８年から連れてきた新たな魔王はどうなるのか？

虚無。

私はその結末を覚悟した。

ゲイツ君のみならずツクヨミ君をも取り戻せず、新たな魔王を２０１８年へ帰還させることも叶わず、私の捉えた異変・あの警告の声の謎も解き明かせぬまま消えていく。

最悪の結論に対する恐怖心が私を襲った。

いや、まだだ。

何か突破口はあるはずである。

我が魔王が窮地に立たされた時、彼は常に足を止めることがなかった。それらの記憶を引っ張り出し、私は今一度未来を見据える。

一度乗り始めた船である。ただ沈没を待つわけにはいかない。

まずは思考に冷静さと客観性を補強して顚末を振り返った。

昨夜のアナザーツクヨミの来襲。

亜空間での未確認のタイムマジーンの襲撃。

アナザーゲイツによる追撃。

そしてこの二人のアナザーライダー駆逐を引き金に起こったゲイツ君とツクヨミ君の消

滅。

私はこの時まで首謀者の狙いが、未来からの刺客であり歴史改変を目論む者であり、いつの間にか現代の住人となったこの二人を消すことなのでは？　と、頭のどこかで予測していた。

しかしその推理はアナザーウォズの出現により覆される。

二人の抹消を『ついで』と奴は表した。首謀者には本来の目的があると明かしたのと同義である。

そしてある可能性にたどり着く。

この私——ウォズこそが標的なのではないか？

正直に言うと盲点であった。夢に現れた白ウォズの言葉がリフレインする。

『これ以上自分が歴史を作る当事者であるなどと思い上がるな』

私は私の中にある傲慢を恐れていたのだろう。心の深淵《しんえん》——もしこの私に心なぞがあればの話だが——には我が魔王や、ゲイツ君や、ツクヨミ君のように、歴史を作る当事者への羨望にも似た感情があったのかもしれない。

それを戒めるため、私の深層心理が白ウォズの姿を使って私に警告をしていたのであるならば、あの夢の意味も腑に落ちる。

その自戒が念頭にあったからこそ『首謀者の標的の中に私が入っているわけがない』

と、早合点したのだろう。実際、これまでも私を直接的に狙ってきた者などはいないのだ。あの白ウォズでさえ、真の目的は救世主ゲイツの擁立《ようりつ》であった。だからこそ、この発想は欠落していた。

それらの理屈が自分の中で整理され始めた時。

私の心の傍《かたわ》らに仕舞い込んであった自尊心が目を醒ます。

——この私を標的に定めるとは、面白いじゃないか。

かつて、正史の中で繰り広げた白ウォズとの鎬《しのぎ》の削《けず》り合《あ》い。あの時抱いた焦燥・憤怒《ふんぬ》・動揺・困惑・屈辱、それらすべてを混ぜ込みさらに50年の時を掛け合わせたほどの闇の感情。それを打ち破る痛快さ。その感覚が掌に蘇る。

首謀者を炙《あぶ》り出《だ》し、謎を暴き、すべてを曝《さら》け出《だ》す。

その覚悟が今、確かに私の胸に宿ったことを認めた。

「ウォズ！」

後方から私のもとに駆け寄ってくるのは顔に傷のない常磐ソウゴ、つまりもう一人の魔王である。

「ここにいたのか……！」

「ああ。君は大丈夫かい、新たな魔王？」

「うん……。でも、ツクヨミが……」

「わかっている。ゲイツ君も、ツクヨミ君も、必ず蘇らせよう。それにはまず首謀者を割り出さねばいけない。事件の真相や、二人を救う方法を突き止めるのはそれからだ」

「首謀者って……あのウォズのアナザーライダーなんじゃないの？　ウォズを殺そうとしたんだし……」

例のアナザーウォズが首謀者である可能性。

現時点では最も当確ラインに近いと言えるだろう。

「確かに、アナザーライダーがオリジナルのライダーを——、この場合アナザーウォズがこの私を消そうとするのは明確な動機が読み取れる……。ならばアナザーウォズの力を誰が利用しているのか、それを割り出せばいいだけの話だろう」

と言いつつも私は顔を顰《しか》めた。

「しかし、本当に私を消すことだけが首謀者の目的なのだろうか？　そう断定するのはいささか強引ではないだろうか？」

今回のミステリーが、アナザーウォズによって仕掛けられた私との生存権の争奪戦なのだとすれば、手が込みすぎている。

それならば私を直接襲えばいいことで、2018年にて常磐ソウゴ一行を襲撃する必要などなく、ゲイツ君やツクヨミ君を消滅させ、事態を煽《あお》るのも実に回りくどい。

「そっか……。確かにね……」

「ただ、だからと言ってその可能性を排除するのは尚早だが……」

「だったらさ。確かめてみるしかないんじゃない？」

「何をだい？」

「アナザーウォズの中の人をさ」

中の人と言うと違う意味に聞こえるからそれはやめたほうがいい。

「つまり、正体を暴けと？」

「うん」

彼の真《ま》っ直《す》ぐな眼差しは、一瞬、正史の我が魔王のものなのか、それとも新たな魔王のものなのか、判断がつかないほどのものだった。

「論より証拠というわけだね。しかし、奴を倒すのは非常に厄介だ」

と、言うのも。彼が『アナザーウォズ』であるということは、私の能力を兼ね備えていることが予想できるが、同時に白ウォズの能力を有している可能性も出てくる。あの未来を書き込む〝ノート〟を使ってきたら苦戦どころじゃ済まない。策を練っていかないといけないだろう」

「時間を武器に使う敵に正攻法で行くのは危険すぎる。策を練っていかないといけないだろう」

「それなんだけどさ、さっき、アナザーゲイツと戦っていた時、ツクヨミが消えるのが先に見えたって言ったよね」

それはジオウⅡの能力である未来予知であろう。

「その力を上手く使えないのかな？」

頭のキレる新魔王からの提案である。しかし残念ながら私はいかなる時にその能力が我が魔王にもとに発動されていたのかを知らない。以前の彼も自在にその能力を用いた様子はなかった。

ただ、新魔王からの提案が呼び水となったのは事実である。

「そうか……、時間には時間をぶつければいいのか……」

ジオウⅡはさらに『時間を止める』『時間を逆行させる』などの行為が限定的ではあるが可能だった。

それを駆使すればアナザーウォズを出し抜くことも可能だろう。

「新たな魔王、私に考えがある……！」

＊＊＊

スカイウォールの出現から半時《はんとき》ほど経過しただろうか。

上空には状況を伝える報道のヘリコプターが飛来していた。

そして、人々はスマッシュの襲来に逃げ惑う。

その中を私は新魔王とともに駆け抜けていく。彼はジオウとなり、目前で襲われている人々を助けることを望んだが、私は強力に制止した。今、私たちが立ち向かうべきはそこではない。

「ウォズ、こっちの方向でいいの⁉」

「わからない。しかし……」

アナザーライダーはオリジナルの力を持つ者──それはオリジナルのライダーしかり、オリジナルの力が注入されたライドウォッチを使う我が魔王やゲイツ君しかり──に惹きつけられている節があった気がする。もしかすると彼らには独特の嗅覚があるのかもしれないが、そこはあくまでも私の主観である。

しかしながらたった今、明確な目的地は定まっていないのに、思考がなくとも足がある方向へ進んでいく。これは己の力を行使する他の者に吸い寄せられている感覚なのだろうか。もしくは……

「やっと来たようだね……」

私たちの来訪を予見したかのように、アナザーウォズが待ち構えていた。

いや、これは予知ではない。奴は未来を作った。白ウォズがやったように、我々がこの場に赴くように仕向けたのだ。

「ほう、あまり驚きを見せないな……」

声にはノイズがかかり、本来の声から正体を割り出すのは不可能なようだ。

「なるほど、この程度のことは想定済みか……」

白ウォズの持っていたあの〝ノート〟――外見はアナザーライダー仕様にリデザインされてはいるが――それを取り出して我々に見せた。

――『２０１８年から訪れたウォズがアナザーウォズのもとに来た』――

そう書かれたその〝ノート〟は、これより始まる未来の戦いがいかに困難であるかを誇示していた。

「厄介な敵であることは重々承知している」

「それはお互い様だろう。時間の支配者はそこにもいる……」

私を見据えつつも、奴は新魔王への警戒も忘れていない。

「行こう、ウォズ……！」

ライドウォッチを握る新たな魔王の動作にシンクロするように、私もミライドウォッチを掲げた。

「変身……！」

『仮面ライダー！　ライダー！　ジオウ！　ジオウ！　ジオウⅡ！』

『ギンギンギラギラギャラクシー！　宇宙の彼方のファンタジー！　ウォズ　ギンガファイナリー！　ファイナリー！』

仮面ライダージオウⅡと仮面ライダーウォズ　ギンガファイナリー。

３度目となる我々の共闘が『時間のコントロール』を駆使した戦いになるであろうことは必至である。

ジオウⅡのスピードがアナザーウォズの照準を混乱させる。

そして私は突入を試み、真っ先にあの〝ノート〟を狙う。

アナザーウォズはヒラリと躱すが、さらに新魔王が追撃を仕掛ける。

「今だ！　新たな魔王……！」

「よし……！」

彼はジオウⅡの能力の一つである『時間を止める力』を発動した。

限られた領域ではあるが、時間が静止し視界にはわずかなノイズと微量の振動による特殊な空間が広がる。はずだった。

「あれ……⁉」

さすがにぶっつけ本番で特殊な力を用いるのは無理があったと思ったのか、新魔王の動作は一旦滞る。

しかし、無理だったのではない。

「これを狙ってくるであろうことは想定している……！」

奴の見せる〝ノート〟の画面にはこう記されていた。

『ジオウⅡの能力が使われるが失敗に終わった』

「未来を予見できずとも戦況は読める……！」

先手を打たれていたのだ。これでジオウⅡの時間を操る術は封じられた。

アナザーウォズの背と腰の間に〝ノート〟を格納する部位があるのか、そこにノートを隠すと奴の両手は自由となった。

そして奴は能力を封じられた新魔王の一瞬の動揺を見逃さない。

強烈な突進とともにジオウⅡに攻勢を仕掛ける。

相手の圧力にすかさず後退するジオウⅡだったが、奴の勢いが優った。

「先にこっちから行こうか……！」

アナザーウォズの攻撃がジオウⅡの急所、喉元を襲う。

ガシィイイイッ！

空間が歪《ゆが》みそうなほどの衝撃があたりに響く。

それは奴の狙いとは違う感触だったはずだ。

奴と彼との間に私の援護が入ったことで難を逃れた。と思われた。

「それで王を護れたと思ったか？」

アナザーウォズは私もろとも弾《はじ》き飛《と》ばし、追撃に移る。

私が奴の突進に屈したことで、ジオウⅡと重なり地面に打ち付けられた。二人の体勢は崩れ、アナザーウォズにとって好機となってしまった。

「喰らえ……！」

アナザーウォズの拳が私の装甲を貫こうとする。

間一髪、私は奴の拳を受け止め、それを放さない。

「何……⁉」

私は自分の受けるダメージよりも、アナザーウォズの動きを抑止することに徹した。

刹那、体勢を戻した新たな魔王が奴のアナザーウォッチを狙う！

「ぐ……！　ウォッチを……⁉」

アナザーツクヨミ戦、アナザーゲイツ戦の時のように、ジオウⅡとギンガファイナリーの力であればオリジナルの力がなくともアナザーライダーの殲滅《せんめつ》は可能である。我々は力で相手を捩《ね》じ伏《ふ》せれば相手の装甲を破壊でき、アナザーウォズの正体を暴くことができる。

そのカラクリがわかっているからこそ、アナザーウォズは我々が敢えてアナザーウォッチを狙ってくることなどないと読んでいた。

「新たな魔王！　今だ……！」

ジオウⅡがアナザーウォッチを破壊しようとする。

「させるか……ッ！」

アナザーウォズは先に書かれた文章を消し、瞬時に〝ノート〟に書き記す。

──『ジオウⅡ、自分のピンチに時間を戻した』──

「────ッ⁉」

ジオウⅡは砕きかけたウォッチから手を放した。

そして時間の逆行を発動する。この好機にたどり着くまでの展開が巻き戻されていく。

それは勝利への計算がもろくも崩れゆくことを意味していた。

「残念だが、万策は尽きたようだ」

時間は、アナザーウォズがジオウⅡの喉元に鋭い手刀を繰り出す瞬間に戻り、そこからまた再生される。

このあと、私の援護が入りジオウⅡは助かる。先ほどと同じように。

ただそれでも私たちに与える精神的ダメージは計り知れないと考えたのだろう。私たちの仕掛けた策を躱すことに成功し、もはや私たちに付け入る隙はないのだ。

しかし、アナザーウォズは先刻と同じこの光景に異変を察知する。

ジオウⅡの攻撃を援護するはずの仮面ライダーウォズ、すなわちこの私が視界にいないのだ。

「残念だが、ここまでが私たちの策だ……！」

私はアナザーウォズの頭上、すなわち空中に位置取っていた。

つまりこういうことである。

まず、私たちの狙いがあの〝ノート〟であるという付箋を奴の脳裏に焼き付けておく。

奴は〝ノート〟を守るため、何らかの対策を講じるであろう。

実際にアナザーウォズは自分の背部に〝ノート〟を隠した。

これにより、腕は自由になったが、動きに制限が生まれたのだ。

我々に背後を取らせてはならない、と。

となると奴にしてみれば、その状況下で勝利を見いだす手段はそれほど多くはない。確実な好機にリスクを負ってでも打って出るしかないのだ。

だから、我々はアナザーウォズにとって確実な好機を演出した。

新魔王の危機。あれは我々が作為的に仕組んだものである。

その仕掛けに乗ってくれれば、奴のアナザーウォッチを狙う機会が訪れるはずだ。

そして、直後に新魔王が見せるアナザーウォッチを取りに行く〝素振り〟こそ、奴を仕留めるための最大のフェイクとなったのだ。

ここまで来れば、アナザーウォズが新魔王の能力を用いて形勢逆転を図ることは想定済みである。

私が先の布石の中で作為的に作った新魔王の危機。その時、奴に効果的な攻撃を与えられる位置を把握していた。

続いてジオウⅡの能力で時間が逆光する際、そのポジションに先回りしておけば奴に大きな損傷を与えられる。それが狙いであった。

すべてはあくまでもアナザーウォズに決定打を与えるための布石だったのだ。

そしてその私たちの策はハマった。

「喰らえ……ッ！」

私はそのまま奴に突っ込む。

アナザーウォズは遅れて上方へ防御を向ける。

その時、わずかながら新たな魔王が不思議な反応をしたのが視界に入った。

「……⁉」

しかしそれに構わず私は私の担った仕事を遂行した。

次の瞬間、超銀河エクスプロージョンがアナザーウォズに炸裂した。

「ぬううううッ⁉　思いどおりにさせるか……ッ！」

アナザーウォズはギリギリのところで身をよじり、大破は免れた。

しかしそれを新たな魔王は逃さなかった。

掉尾《とうび》を飾るのは、王こそがふさわしい。

「決める……！」

ほとばしる閃光。より優れた時間の支配者であることを誇示するかのように、ジオウⅡ

は標的にキックを炸裂させた。

「ぐあああああ……ッ！」

地面に打ち付けられたアナザーウォズは、立ち上がりつつも体内からスパークする電流を御すがごとく装甲の駆動部を押さえ込んだ。

爆発は時間の問題かと思われた。しかし。

「……見事と言っておこう。おかげでこちらはここから去るしかないようだ」

アナザーウォズの言葉が終わるか終わらないか、既《すんで》のうちにで爆発が起きる。あたりが煙に包まれ奴の姿を目視することは不可能となった。

「お前たちの未来に期待している……」

白煙に包まれた空間に奴の声が響く。

それから私たちを覆った爆煙は霧が引くように消えていき、そこにいたはずのアナザーウォズは姿を消していた。自らの破損を煙幕に使ったようだ。

「ウォズ……！」

屈託のない笑顔を見せた青年が私に駆け寄る。

「見事だった、新たな魔王……」

彼とは対照的に私の表情には喜びの感情が滲み出ることはなかった。それを彼は〝勝ち切れなかった無念さが大きい〟のだと取ったのだろう。

「逃したのは悔しいけど、とにかくアイツに負けなかったのは大きいと思う」

そうかもしれない。しかし、このあと2019年の正史に起こることを踏まえると、やはりここで新たな手がかりを入手しておきたかった。

「それよりさ」

「なんだい新たな魔王？」

「戦ってる時は全然気づかなかったんだけど、アイツの腕に数字が刻まれてたんだ。なんだろう？」

私が超銀河エクスプロージョンを繰り出す際、奴は上方への私に防御の姿勢をとった。その時、奴のアームの裏に小さく並んでいる4つの数字を目撃したのだという。

「アナザーライダーには、そのオリジナルのライダーが〝確実に〟存在した時空の西暦がナンバリングされている」

〝確実〟と表現したのは、それぞれの仮面ライダーは個々に存在の仕方が違うからである。生き残る者、死にゆく者、輪廻《りんね》、異次元への転生。様々であるが、かの歴戦の戦士たちは確実に特定の1年は息吹いている。

もし、新魔王が目撃した数字が西暦を表しているのならば、奴の出生に大いに関係しているということになる。

「それは、どんな数字だったんだい？」

『２０６８』

新たな魔王の口からは衝撃の数字が出てきた。

思わず表情に出てしまったのだろう。私の反応を彼は訝しんだ。

「この数字に何の意味があるの……？」

私は一瞬言葉を選んだ。そして慎重に口を開く。

「私や、ゲイツ君やツクヨミ君がもともといた時代。それが２０６８年だ」

この西暦について語る際、今私が話した説明だけでは不十分すぎるだろう。

２０６８年。

それは民から最低最悪と嫌悪され、恐れられていた魔王、オーマジオウが武力と恐怖による圧政で世界を統治していた時代であった。

当時のゲイツ君とツクヨミ君は、オーマジオウ打倒を目論むレジスタンスに所属していた。

その組織はオーマジオウ抹殺の計画を企て実行するも大敗を喫する。それゆえ、ゲイツ君とツクヨミ君は時間を遡り２０１８年に赴いた。オーマジオウとなる前の常磐ソウゴに接触し、歴史を改変するために。

私はこのことを新たな魔王に簡潔に説明した。

「じゃあ……、あのアナザーウォズは2068年に存在していた、ってこと？」

「そこまで言い切ってよいかはわからないが、少なくともあの時間に関連しているのは確かだろう。これまでのアナザーライダーと同じであれば」

敢えて『これまでと同じであれば』と言ったのは私の中に腑《ふ》に落ちない物があったからだ。

「行こうよ。2068年に……！」

新魔王に判断のための間は不要であった。

「それは無理だ、新たな魔王。私たちは乗ってきたタイムマジーンを壊されたじゃないか」

「この2019年にはないの？」

それはこの時代にあるものを無断で拝借するということだろうか。確かに今は倫理の問題を問うている場合ではないかもしれない。しかし……

「あるかもしれないが、それを探し出す前にこの時代、正史の我が魔王が世界を塗り替えてしまったらそれまでだ……」

「打つ手なし、ってわけ……？」

「……ただ……」

私にはどこか釈然としない思考も残っていた。

果たしてあのアナザーウォズは本当に２０６８年から来たのであろうか？

そうであれば仮面ライダーウォズはこの２０１９年を基準に考えた時、〝未来のライダー〟ということになる。仮面ライダーシノビしかり、仮面ライダークイズしかり、仮面ライダーキカイしかり、彼らと同様にカテゴライズされるべき存在であろう。

実際、仮面ライダーウォズの力をこの２０１９年の時空に持ち込んだのは私ではなく、白ウォズであった。当初、この私も驚愕《きょうがく》した記憶がこの脳内に残っている。

つまりそれは、私のいた２０６８年とは違う時空＝『正史の常磐ソウゴがジクウドライバーを破壊したことが歴史の転換点となり、オーマジオウが消え、白ウォズが存在することになった並行世界』。そこに存在した力、ということになる。

もし、その私の知らないもう一つの２０６８年から来たのがあのアナザーウォズなのであれば、何故この私を標的にすることがあるのか？

アナザーウォズが狙うのは白ウォズというのであれば理解できるのだが……

「アナザーライダーってそういう行動原理なの？」

この奇怪でなんとも複雑な問題に、精一杯ついてきている新たな魔王は、根本的な問いを投げかける。

私はそこに明確な回答は用意できなかった。

何故なら、過去にアナザーライダーがオリジナルのライダー本人を襲うケースはあるにはあったが、データとして参照できるほどの数ではないからである。

そもそも、アナザーライダーとオリジナルのライダーが同時に存在したケース自体が少ない。

私の記憶が正しければ、歴史の基盤が流動的だった未来のライダーたちを除いて、我が魔王とアナザージオウ、そしてアナザージオウⅡのケース。そして仮面ライダーディケイドとアナザーディケイド、くらいであろうか……

そこまで考えて私の脳内に一筋の光が差し込んだ。

「ディケイドとアナザーディケイド……？」

闇に包まれた霧中の樹海で遥か彼方にわずかに溢れた光に気づくがごとく、私の視線は遠い一点を見据えた。

新たな魔王はその私の変化を見逃さなかった。

「どうしたの？」

「新たな魔王、もしかすると手はあるかもしれない……！」

＊　＊　＊

たとえば人が生まれ故郷へ向かう時。

もしくは、一度過ごした土地。かつての学び舎。所属した組織。

自らの過去と関係する対象と再会する際。

『戻る』という言葉を使うのが一般的であろう。

しかしこの場合、『戻る』と表すのは不正確である。


私と新たな魔王はクジゴジ堂へ赴いた。

「これって……ウチ……⁉　戻ってきたの……⁉」

「いや、そうではない。このクジゴジ堂は歴史が塗り替えられる前、２０１９年に存在したクジゴジ堂だ。もちろん、この時代の常磐ソウゴの棲み家であり、その大叔父、順一郎氏の自宅であることも変わらないが……。ただ、君が知っている順一郎氏とは別物だ」

「そっか……、こっちにもオジサンいたんだ……。ていうか、なんでウチに来たのさ？」

「これから私たちはあるミッションを遂行する」

「それって……⁉」

「ディケイドのウォッチを奪う……！」

私が光明を見いだしたのは『仮面ライダーディケイド』というキーワードが脳裏に浮かんだのがきっかけであった。

仮面ライダーディケイドとは、２００９年の時空に存在した仮面ライダー・門矢士《かどやつかさ》のことである。

この門矢士というミステリアスな男は正史でたびたび我が魔王たちに接近し、彼らを帯同し異世界を行き来していた。

たとえば我が魔王を２０６８年へと連れてゆき、オーマジオウとの対面を果たしたり。

たとえば２００９年、スウォルツ氏によって起こされたバス事故の現場に潜入し、同行していたツクヨミ君を救い出したり。

そして、２０１９年の今日この日。我が魔王とツクヨミ君を連れ、ツクヨミ君とスウォルツ氏の生まれた異次元――彼らが王家として存在した世界へと赴いたのである。

〝オーロラカーテン〟。

仮面ライダーディケイドの持つ『世界の壁を越える能力』。

それが彼を時間や次元を超越した異世界の渡り人たらしめた根元の力だ。

「ディケイドウォッチがあれば、アナザーウォズの出現した２０６８年に行き、真相に近づける」

それが私の見解であった。

「……で、そのディケイドウォッチが、ウチにあるんだね？」

「わからない」

何故この時、こう答えたのか？

実は2019年の正史のこのタイミングで、私は我が魔王に同行していないからだ。

『真逢魔降臨暦』・47つ目のエピソードから必要な情報のみを抜粋する。

『常磐ソウゴはツクヨミとともに、門矢士のもとへ向かう。そして、門矢士のオーロラカーテンの能力にて、異世界にいるアルピナ、すなわち少女時代のツクヨミに会いに行った』

『異世界にて、少年スウォルツの攻撃からツクヨミを救った門矢士は瀕死《ひんし》の状態となる。そこに現れたのが仮面ライダーディエンド・海東大樹《かいとうだいき》。海東大樹はアナザージオウⅡの時間逆行の力を用いて門矢士を蘇生《そせい》させるが、直後、その能力の副作用でディエンド自身がアナザージオウⅡと化す。常磐ソウゴはディケイドライドウォッチを門矢士に託し、仮面ライダーディケイドとともにアナザージオウⅡの対決を促すのだった』

『真逢魔降臨暦』をたどるとこう記述されている。

最後の部分の表現に少々違和感があるのは、この書物が魔王・常磐ソウゴを中心に書かれているからであろう。

ともかく、この後述の文章に初めて『ディケイドライドウォッチ』の記述が見受けられる。

問題は前述の文章にある『常磐ソウゴはツクヨミとともに、門矢士のもとへ向かう』という記述だ。

これは先にも述べた、私の記憶にもある。

――行方不明だった我が魔王がクジゴジ堂にたどり着いたのはそのしばらく後のことだった。

――我が魔王はビルドライドウォッチの破損に気づき、壁やスマッシュの出現に関連していることを見いだした。

――そののち、我が魔王はツクヨミ君とともに少女時代のツクヨミ君のいる時空へと向かった。

記憶が確かならば、この『真逢魔降臨暦』の記述の際、私は彼らとともにクジゴジ堂にいたわけだが、我が魔王がウォッチを保管しているライドウォッチダイザーからディケイドライドウォッチを持ち出したという記憶はない。

我々の求めるものはここにある、……はずである。

「理解できたかい、新たな魔王？」

「うん……、なんとなく」

「なんとなくでいい」

時間移動モノを扱う際、この二つの次元で起こりつつも因果の関係にある事象を説明する、という作業が最も厄介で面倒である。いやはや、誰がこんなことをやろうと言い出したのか。

そんな愚痴にも似た諦観が私の心根の中に湧いた時だった。

クジゴジ堂の扉が開く。

まず我が魔王がツクヨミ君の手を引いて店内から出てきた。咄嗟に店の脇に隠れた私と新たな魔王には全く気づく気配がない。まさに切羽詰まったと表すにふさわしい状況なのだろう。

続いてゲイツ君とこの時代の私が出てくる。

このあと私たちは……いや、〝彼ら〟は人々を襲うスマッシュと戦い、さらに出現するロイミュード、そして魔進《マシン》チェイサーと対峙する。そしてゲイツ君は……

いや、この時代のことはこの時代の彼らに任せよう。

「本当に、もう一人の俺がいるんだ……！　ゲイツもツクヨミも……！」

聡明《そうめい》な新たな魔王である。

これまでアナザーツクヨミとの遭遇から2019年への時間旅行を経てここまでたどり着いたことにより、私が彼に語ったこと――

『我が魔王と彼の仲間たちによる時空の旅路の末、新たな2018年が始まった』

——その歴史を頭では理解できていたであろうし、〝偽りはない〟とも思っていたことだろう。

しかし、目の前に姿形が一緒であるもう一人の自分や、消えたはずの級友たちが現代のこの国では少々異質な様相で存在しているのを見て、すべてが腑に落ちる最後のピースが揃ったのではなかろうか。

彼はうつむきながら今までの事実を咀嚼するようにしばし考え、ふと顔を上げた。

「よし……。行こう……」

私は静かに頷いた。そして続けた。

「一つ注意してほしい。店の中には順一郎氏がいる。彼との接触は避けねばならない。しかし、最悪の場合も想定しておくべきだ。君は困惑するだろうがここにいる彼は……」

「わかってるよ」

皆まで言うな、ということらしい。

「ボロが出るのはよくない。ウォズに任せたから」

この時空の順一郎氏は、この偏差値が高く、並の高校生と同様、冬の大学受験を志す別人格の常磐ソウゴを知らない。

同様にここのことをほとんど知らない彼が遭遇したらどうなる？

彼らの会話が嚙み合わず氏の中に違和感を作れば、それが発端で歴史に妙な変動を生じさせることもありえるだろう。

私たちは私たちの為すべきこと――ディケイドライドウォッチを入手しアナザーウォズを追う。そして謎の真相を解きゲイツ君たちを取り戻す――を果たさなければならないが、同時に２０１９年で起きている我が魔王たちがこのあと進行していく歴史を妨げてはいけないのだ。

新たな魔王はそのことを十二分に理解していた。

その真意を再度確認し、私たちはクジゴジ堂の店内に入った。

幸い順一郎氏はいない。２階へ行ったのか？　それとも奥のダイニングルームか？

私は物音を立てぬよう、店内へと侵入するが……。

ギィ……ギィ……。

年季の入った板張りの床は、戦国の乱世で忍び者の潜入を察知する防衛網として機能していた武家屋敷のように、私たちの歩みに反発する。

店舗スペースと奥のダイニングルームの狭間にある氏の作業部屋を覗き込む。

何か作業に没頭する順一郎氏の背中が見えた。

ありがたいことに氏はこちらに全く気づかぬほど集中しているようだ。

今まさに世界の終局が迫り来ており、その異常な状態がテレビなどで報道されていることを氏は知っている。しかし、この落ち着きぶりようは、なんとも……。

ともかくこの好機を逃してはなるまい。　私と新魔王は奥のダイニングルームへと入っていった。

そして、すぐさま私はダイザーに掲げられている歴戦の戦士たちから託されたウォッチの数々を見やった。

「ない……」

あるはずのライドウォッチがない。

そこにはむなしく台座だけが置かれていたのである。

「どういうことだ……!?」

2019年の我が魔王がライドウォッチを手にクジゴジ堂を後にしたのか?　いや、そのような記憶は私の海馬に刻まれてはいない。ならば何者かが……!?

動揺してしまい、思わず周囲を見る。その際、後ずさった私の足が椅子にあたり、無造作に置かれたダイニングチェアが室内へ響く騒音を伴いながら倒れた。

しまった――

「あれ……ソウゴ君?」

物音に気づいた順一郎氏が作業部屋から顔を覗かせ、挙動不審な私たちを認識した。

「オジサン……!」

明らかに戸惑いの含まれた発声。

奇妙な沈黙が生まれた。氏はこの切迫した状況における自身の行動が私たちになんらかの疑念を持たせたと思ったのだろう。

「いやね、皆行っちゃったから、作業部屋の掃除でもやろうと思って。ほら、あるじゃない、翌日に迫った試験の勉強しなきゃいけないのに、机の周りの大掃除始めちゃうのって」

「……わかるよ」

そう返した新たな魔王の微笑は、どこか懐かしさを含んでいるように見えた。

「で、どうしたの？　今皆と出ていったばかりじゃなかった？」

「うん……」

新たな魔王はチラリと私を見る。私が場を廻《まわ》すターンだ。

「大事な物を忘れてしまい、ダイニングルームを探していたんだが……」

「もしかして、忘れ物ってコレのこと？」

ダイニングルームと店舗の間の小さな作業部屋。その室内にある、氏が商品を修理や手入れをする時に使うアンティーク調の机の上に数多《あまた》のライドウォッチが並んでいた。

「……あった……！」

「ごめんごめん。壊れてるヤツがあったから、皆が帰ってくるまでに直せないもんかと思って持ってきちゃった。ついでに他のも手入れしておこうとね」

ヒビの入ったビルドライドウォッチを我々に見せてはにかんだ。

私は思わず安堵《あんど》のため息を漏らす。

もし、自らの意志で歴史を綴《つづ》っていく〝時の神〟のような存在がいるとして、よりエキサイティングな展開をここで挿入するのであれば、『すでにディケイドライドウォッチは我が魔王が持ち去っており、それをいかにして奪うか？』というタスクを私たちに課すであろう。しかし神はエンターテインメントへの造詣はそこそこらしい。

私はディケイドライドウォッチを手にし、新たな魔王へと向いた。

「行こう、新たな魔王……！」

「うん……」

そのままクジゴジ堂を出ていこうとした瞬間、新たな魔王は足を止めた。

「……オジサン」

「ん、何だい？」

新魔王は、ふと店の壁にある大きな時計に目をやった。それは不思議な存在感を放つものであった。慣れない者であれば一目で時間を読み取るのが困難であろうそのデザインは、時計として異形なものなのであろう。

「……あのさ。……俺が、王様になりたい、……って知ってた？」

新魔王は恐る恐る切り出した。

「どうしたの？　ソウゴ君？　頭でも打った？」

「いや……そうじゃないけど……」

「知ってるも何も、オジサンずっと応援してきたじゃない」

「そう……だよね……」

彼は小さな嘘《うそ》をついた。この〝正史〟の我が魔王と順一郎氏の関係性を、今ここにいる常磐ソウゴは知らない。

「そのこと、本当はどう思ってる？　叶うわけない、なんて思わなかったの？」

「……どうだろうなあ。ほら、オジサンさ、叶うとか叶わないとか、そういうことで夢の価値が決まるなんて、思ったことないからさ」

「……。そっか……」

新たな魔王がその言葉を噛みしめるように受け取ったことを私は認めた。

もし、時の神のような存在がいるとしたら、今、この瞬間のために彼や私を、この時代のクジゴジ堂に向かわせたのだろう。

「まあ……変わった夢を持つ子だなあ、とは思ったけどね」

「だよね。それじゃあ、行ってくる……！」

「うん。行ってらっしゃい」

新魔王は何かを振り切るようにクジゴジ堂の扉を開き、未来へと向かった。

「……あまり遅くならないうちに、戻ってくるんだぞ」

順一郎氏の呟きは、彼には届かなかったようだ。

いや、届かぬように氏が発したのか。

それは正史における常磐ソウゴがこの先に下す決断を予期しているようにさえ聞こえたが、さすがに連想の飛躍が過ぎたかもしれない。

そんな行きすぎた憶測を打ち消しながら私はクジゴジ堂の扉を閉じた。

そして一つ自分に問う。

——私はどこへ『戻る』べきなのか。

前を行く新たな魔王の背を追った。

＊＊＊

街は無秩序の極みに達しようとしていた。

仮面ライダービルドの時空に存在したスマッシュが人々を無差別に襲う。さらに仮面ライダードライブの世界からはロイミュードが出現し、非力な大衆に対して蛮行を開始した。

ここまでは記憶のとおりに状況は進行している。

しかしこの災厄に苦しむ人々を私たちが救うわけにもいかない。

『この時空で起きていることに極力影響を与えない』

２０１８年という未来から来た我々にとってこれは鉄則である。

この２０１９年に本来いる常磐ソウゴ——先ほどクジゴジ堂ですれ違った彼が、このあと正史のとおり〝歴史の上書きをする〟という選択をしなければ、ここで私とともに行動する新たな魔王も生まれなくなるのだ。

すでに先刻、この時間軸における大いなる関係者——常磐順一郎氏との再会というアクシデントを招いてしまった。これ以上、どんな些細《ささい》なことでも私たちは自分たちの痕跡を残してはいけない。

「変身！」

『ライダータイム！　仮面ライダージオウ！』

ああ……我が魔王よ……。利発だった君の生まれ変わりはこの時空に来て君に感化されたのだろうか、後先を考えなくなってしまったようだ。

意気揚々とスマッシュとロイミュードの群れの中に突っ込んでいく仮面ライダージオウの背を見て時間の輪廻のようなものを感じざるを得なかった。

ただ、そんな悠長なことを言っている時間は私たちには与えられていない。

何者かの気配を感じたのだ。

覚えのある殺気。

思い起こしてみよう。時を同じくして、先ほど行き違いになったゲイツ君ともう一人の私はこのあと出現する魔進チェイサーの襲撃を受ける。

──ヤツか？

チェイサーの目的は『仮面ライダーの駆逐』のような節があった。それが仮面ライダーであれば誰でも良い、という無差別的なものだったとしよう。となると、今ここで無数の戦闘員相手に立ち回る仮面ライダージオウを標的としても構わないはずだ。

物理的にゲイツ君たちからそう遠くないこの場所で戦っている以上、奴を引き寄せる可能性は高まる。歴史への影響を考えると非常にややこしいことになってしまう。

「仕方ない……！」

私は躍動するジオウの腕を摑み、強引にディケイドライドウォッチを握らせた。

「これ以上この時空に居続けるわけにはいかないんだ。新たな魔王……！」

「……わかったよ。その前に……！」

繰り出されるタイムブレーク。

残ったスマッシュとロイミュードたちを文字どおり一蹴した。

そして、ディケイドライドウォッチをジクウドライバーに装塡した。

『カメンライド！　ワーオ！　ディケイド！　ディケイド！　ディケイドー！』

まさかまたあの2068年に向かうことになろうとは。

そしてその道先案内人が、今この目の前にいる仮面ライダージオウ　ディケイドアーマーに包まれた彼――新世界が生み、王になることなど望みもしていない常磐ソウゴとなろうとは。

先ほどの殺気が迫る。魔進チェイサーが近づきつつあるのだろう。

「行けるかい、新たな魔王？」

「うん、行ける確率は……」

ディケイドの力を発動させようと試みる。しかし〝試運転〟などする猶予はなく、私たちは目の前に突如出現したキラメキの中に引き込まれた。

オーロラカーテンである。


時間を跨いだ、という解釈が正しいのか。

世界を飛び越えた、と考えるのが的確なのか。

仮面ライダーディケイドの世界の住人たちが扱うこの能力は、ディケイド側からすれば異世界に住まう我々を困惑させる。それほど彼らの持つ世界観は異質なのだろう。

しかしながら、時間と複数の世界を一つの軸に詰め込んでしまった仮面ライダージオウの世界観——つまりそれは他の誰でもない私が俯瞰しているものなのだが——は、仮面ライダーディケイドのそれと真逆なようでいて、実は非常に親和性が高い。

現にこの時の新たな魔王も、自身で発動させたこの能力に驚くよりも、目の前に広がるどこまでも荒廃した大地が広がる景観に目を奪われていたようだ。

向かい風が吹いた。

金属片が砕けてできた砂塵《さじん》が、乾いた鉄の匂いを伴って私たちの頰に当たる。

その匂いが私の嗅球を通過し、海馬と扁桃体を刺激する。

「SFの舞台みたい……」

彼の言うサイエンス・フィクションとはその印象に少しばかり偏りがありそうだ。

一般的にSFの舞台というと、宇宙や銀河をイメージしたり、先進的であり理論的な未来の光景を思い浮かべるのではなかろうか。

生憎《あいにく》、ここにはそのような要素はない。

世紀末感とでも言えばいいだろうか。退廃的で枯渇《こかつ》した空気しか存在しないこの情景を見て『SFの舞台』に直結する発想は、まるで前時代のエンターテインメントに触れた世代の言葉のようである。とても2000年生まれの青年が抱くような感性ではない。

「ここが、歴史が塗り替えられる前、俺の知らないゲイツやツクヨミがいた世界なんだね……」

「そのとおりだよ」

「ウォズも……戻ってきたの久しぶりなんでしょ？」

「……ある意味では……」

そう言って彼の問いをはぐらかした。

『戻る』という言葉で形容すべきなのか？

この時の私にはまだ何か腑に落ちないものがあった。

初めから述べているように、『戻る』という言葉が〝己の主観のみならず時間や空間に対する感情的な意味合いをも内包してしまっている〟のであれば、やはりその言葉は私には当てはまらない気がする。

私は人の持つ帰属意識の強さが苦手だし、ノスタルジアという人類特有の感覚を所有していないからだ。

——さて、と。どこから手をつけようか……。

そう思った瞬間だった。

北の方角の砂丘から猛烈な砂埃《すなぼこり》を巻き上げてこちらに近づいてくるバイクの一団があった。

彼らは少数ではあれども隊列を崩さず、ある位置に来ると統率の取れた動きで分散。私と新たな魔王を取り囲むように円を描いて走り続ける。

「止まれッ！」

一声が轟き、正しく一団のバイクは止まった。

メンバーの誰もが破れかけた粗布をマントのように羽織り、その下にはそれぞれの武装で自らの身体を守っている。

顔を覆うヘルメットのようなマスクは、荒れ果てた大地を傷めつける強烈な紫外線と、延々と続く砂漠の砂から守るためのものである。私がかつて〝ここ〟にいた時、その多くが同じような装備に身を包んでいた。

一団の指導者と思《おぼ》しき者がバイクを降り、ゆっくりと近づく。

見覚えのある姿だ。

「もはや逃げたと思っていたが、まだこんなところにいたとはな……！」

あからさまに敵意を向けた声色。この時点で誰が話しているかなど考える必要はない。私にしてみればあまりにも容易い答えなのだから。

「裏切り者の未来がどうなるか、貴様ならわかっているはずだ……ウォズ……！」

その者がヘルメットを外す。

そう、あの男である。

「え……⁉　ゲイツ……⁉」

隣の50年前からやってきた青年が思わず声を漏らす。

「……⁉　何者だ……⁉」

この時代のゲイツ君からすれば会ったことも見たこともない青年が自分の名を知人であるかのように、いや、まさに友を呼ぶのと同義で発したのだ。不審がるのは当然だろう。

「待て……どこかで見たことがあるな……」

ゲイツ君は新たな魔王の顔をまじまじと見た。

「そうか……ウォズの仲間か……。ならば奴も連行しろ……！」

「は？　連行？　何言ってんのさ……⁉」

彼は2018年夏の夜、予備校の帰りに目の前で消えたはずの級友から突然殺意に満ちた目で睨まれているのだ。状況を理解しろと言っても無茶であろうか。

「ちょっと待って……」

怒りを抑制しようとしないリーダーを止めるべく、一人のメンバーがバイクを降りて駆け寄った。

「あの彼、武装もしてないし、なんか変な感じ。それに見るからに貧弱。ウォズとは関係ないのかもしれない……」

ヘルメットを取り、現したその素顔はまさしくツクヨミ君だった。

「ツクヨミまで……！」

「え……」

仲介に入ろうとしたツクヨミ君の表情も意表を突かれたものとなる。

やっとここで新魔王の状況把握が成立しつつあった。

「え……これって……まさか……？」

「ああ、君の想像どおりだ……」

かの二人は2068年、オーマジオウ抹殺を企てるレジスタンスに所属していた頃のゲイツ君とツクヨミ君である。

二人の敵意と警戒心、そして私に対する言動から考察するに……、おそらくオーマジオウがレジスタンスの乱を鎮圧し、その勢力を一網打尽にしたしばらく後の時空に私たちは到着してしまったようだ。

「聞いたかツクヨミ。奴は俺とお前の顔を知っている。オーマジオウの体制側の人間だ」

しまった。

確かこの時、生き延びたレジスタンスの中心人物であるゲイツ君とツクヨミ君の首に懸賞金が懸けられていた気がする。

新たな魔王が級友の名を不意に発したことが、あの二人にとっては自分たちを狙う〝刺客〟と思うに十分な根拠となってしまった。

この様相を俯瞰で読み解くと、彼らの相関関係は、『未来から現れた刺客に対する過去から現れた刺客』である。ああ、もうワケがわからない。

「……確かに私も彼のこと、どこかで見たことがあるけど……。て言うより普通の、うん、むしろ平和なところから迷い込んだ若者にしか見えない……」

ツクヨミ君はどこか憂いを込めて常磐ソウゴを見た。もしや、新たな魔王の本質を見抜いている……？　と、期待した矢先。

「けど、彼らを生け捕って……！」

期待はあっさりと覆された。

レジスタンスの戦士たちが一斉にバイクを駆動させる。

そのエンジン音は好戦的な意志に満ちている。

「ウォズ！　どうしよう⁉　ちゃんと説明すればわかってくれるんじゃないのッ⁉」

「この時代の彼らにそんな柔軟性があったら、50年もの時空を飛び越え刺客となって正史の常磐ソウゴのもとに現れたりしないと思うが？」

「確かに」

我々の選択肢はただ一つ。

「ここは彼らを撒《ま》くしかなさそうだ、新たな魔王……！」

「うん、わかった……！」

彼はジオウライドウォッチを握りしめ、馴染みつつあるベルトに装塡しようと試みる。

しかし。

「それはダメだ、新たな魔王」

バイクの攻撃を躱しながら彼の動作を抑える。

「え⁉　なんで⁉」

「君が今ここでジオウになっては、ゲイツ君たちの警戒を煽るだけだ！」

現に、このゲイツ君とツクヨミ君は常磐ソウゴに対し〝裏切り者の仲間の可能性〟しか見いだしていない。

そんな彼が仮面ライダージオウであると判明すれば話は変わる。ゲイツ君とツクヨミ君の理解力でどのような合理的な解を導き出せるかは不明だが、オーマジオウの根源の存在である仮面ライダージオウの力を行使する若者を放っておくわけはない。

実際、先ほど二人が新魔王を見て『どこかで見たことがある』という反応をしているのは、この時代に建てられた〝ある石像〟が由来しているはずだ。

だからここでわざわざジオウライドウォッチなど見せる必要はないのだ。

「じゃあどうやって……ッ⁉」

なんとか追撃の波を掻《か》い潜《くぐ》る新魔王であるが、生身の彼ではジオウの時のようにはいかない。側面から襲いかかるレジスタンスの戦士は彼のふた回り近く大きな体軀《たいく》の持ち主だった。

戦士の圧力に屈し、ついに新魔王は地面に横たわる。

そして馬乗りになった戦士は、この過去から来た青年に向け、バールのようなものを振り下ろす。

「させると思うかい？」

私は戦士の腕を掴み、その関節をテコの支点にし、片手でその大きな体軀もろとも一回転させた。

さらに背後から襲いかかるもう一人の戦士を、ノールックの状態で蹴り上げた。

ドサリ！

宙に飛んだ勇敢なる兵士が鈍い音で荒野に落ちる。

勢いを増しつつあったレジスタンスは沈黙した。

「やめろ……。やはり俺が行かねばダメなようだ……」

周囲を制し、ゲイツ君が前に出た。

マントを脱ぎ捨てると、定番のハーネス姿が現れる。正史の中で様々なハーネス姿を見てきたが、やはりこの時のゲイツ君が最もしっくりくるようだ。

「もともと好きになれない男ではあったが、貴様のような心根の腐った奴には反吐《へど》がでる……！　仲間たちの無念、俺が晴らす……！」

「……私がゲイツ君に負けたこと、あったかな……？」

「今まではな。だがこれ以上貴様の思いどおりにはさせない！」

猪突猛進《ちょとつもうしん》とはまさにこのこと。

感情を揺さぶられた怒りの主は、シンプルに私めがけて突っ込んできた。

その姿に私の中で放置されていた、この時代の記憶が呼び覚まされる。

ああ、そうだ――。

私たちは、オーマジオウ討伐隊の実行部隊であり、ゲイツ君は私の直属の部下だった。

ことあるごとに私たちはぶつかり、平行線をたどり、ゲイツ君はたびたび力の行使による『議論』を私に仕掛けてきたものだった。そのたびに私が勝利してきたが。

ただ、今思えば。

この2068年の私たちの戦闘力に、言うほどの差の開きはなかった気がする。

当時の私は仮面ライダーウォズの力は知らないし、彼は生粋の戦士でありオーマジオウ討伐の最前線で戦い続けた組織のエースであった。おそらく、当時の私やゲイツ君が思っていたほど、私たちの実力差は絶対的ではなかっただろう。

それでも何故私が彼を常に上回っていたか？

おそらく〝優越感〟が生む心理的な〝余裕〟ではなかろうか。

私はこの時代の人間ではない。〝歴史の管理〟という大義を背負い、歴史の流れや行く末も知っていた。ゆえにこの時代にさほどの思い入れはないし、最後はこの時代を捨てることなど造作もないことだった。

それに対し、ゲイツ君は全くもって私とは逆の立ち位置にいた。希望というか細い糸で命綱をし、絶望の淵で世界の行く末を救おうとしていた。そのか細い命綱がプツンと切れさえすれば、死は容易にゲイツ君とこの世界の未来に句点を打っただろう。

今、その最中にあるゲイツ君と。正史と混沌を経てこの時代に再訪したこの私の対決が果たして成立しようか。

否である。

「ハアアアアアッ！」

勢いに乗ったゲイツ君がハーネスから小銃を取り出す。

乱射。このレジスタンスのエース戦士は私の正面、上空、そして右側の移動範囲を予測し、銃撃を繰り広げた。

私が避けやすい方向を私の左側に限定したのだろう。こちらより先に私の左側に回り込めば優位に戦闘を進められる。そして思惑どおりに私が動けば、右利きのゲイツ君が強打を与えやすい態勢を取れるのだ。

しかし、私は動かなかった。

私のマフラーが伸び、銃弾を包みこむ。

さらにそのまま地面を這《は》うようにしてマフラーは私の側面に回り込んでいたゲイツ君の足を狙う。

「なんだとッ⁉」

大蛇が獲物に絡みつくように、マフラーはゲイツ君の足の自由を奪った。

そのまま宙へと獲物を持ち上げ、逆さ吊《さかづ》りにする。

「ゲイツッ！」

ツクヨミ君以下、レジスタンスの兵たちの視線が一点に集中する。私はその機を逃さない。

獲物を吊るし上げたマフラーは、あっさりとその獲物を手放した。そして巣に戻る蛇がごとく、とぐろを巻きながら私と新たな魔王を包み込んだ。

ドサリ！　ゲイツ君が地面に落下する。

「く……！　貴様……ッ！」

ゲイツ君が反撃に転じようと立ち上がる。

だがその時点ですでに私たちはその場を立ち去っていた。

荒野には金属の砂塵が素っ気なく吹き荒れ、その匂いを残した。

第Ⅳ章

ミッション・インポッシブル2068

サディスティックな日差しを降らせ続けた太陽は、いつの間にか西方の地平線に潜ろうとしている。

砂漠には一切の生き物がいないと思われがちだが、意外とこの厳しい環境に適応した動植物たちは多い。有名なところでトカゲなどの爬虫類《はちゅうるい》。彼らが生きているということはその捕食対象となる昆虫も存在していることになる。

昆虫がいるということは、わずかな草木が息吹いており、それを目当てにネズミのような小動物も集まる。その小動物を狙うネコ科の肉食動物の中にも、砂漠に順応したものたちがいる。

狭いコミュニティではあるが、この枯渇した地にはタフな生命力を持ち寄った適応者たちによるれっきとした食物連鎖が存在しているのである。

「うわ！　今の何？」

私の後方をついてくる新魔王が好奇心と驚きが混在した声を上げる。

私たちの歩く横の斜面を小さな影が二本足で飛び跳ねていった。

「トビネズミだ。急ごう。彼らが出てきたということはこのあと気温が一気に下がるだろう」

「へえ……ウォズって、見かけによらず動物のこととか詳しいんだね」

「人を見た目で判断してほしくないな。私が動物を愛《め》でている姿が想像できないかい？」

「全く」

「……確かに」

自分を嘲笑するかのように新魔王に同意してしまった。

私は生物関係に関して全くと言っていいほど明るくはない。ただ、以前２０６８年にいた時分はこの砂漠で活動していた経験もあり、多少なりの知識は備わっていた。

それも多くは自分たちの生存のための情報として活用していたものであり、この砂漠の住人たちを愛でていたかと言うとけしてそうではない。

実際、このトビネズミに関しても、オーマジオウ討伐隊の行軍の中、外気温の変化を察知するための〝信号〟として扱っていた。

北緯40度あたりに位置する砂漠の昼は灼熱と乾燥の世界が広がる。

そして日没後、この砂の海は日中とは一転、斬りつけるような冷気の牙を剝《む》く寒冷地へと変貌を遂げる。

２０６８年の時代、地球の大陸の７割の面積を砂漠が占めている。

その中には夜間も高温の地域もあるようだ。

だが私と２０１８年から来た青年が歩んでいるこの砂漠に関して言えば、昼夜の気温差は実に40度以上となる。

トビネズミは自分の体が小さいこともあり、熱に対し非常に弱い。それゆえ、太陽が隠れたのち気温が下がるタイミングで活動を始める。逆に言えば体が小さいゆえ、太陽からの熱を利用せずとも活動が可能になるのだろう。

哺乳類としての進化が先か、適応が先か、それは私にはわからないが、少なくとも彼らが活動を始めたということは急激な気温低下のサインである。私がレジスタンスにいた頃と同じ解釈をすると、その日の活動は終了ということになる。強烈な寒気と砂漠の闇、その中の行軍は死に直結するからだ。

太陽が落ちようとしている西方の低空にはすでに金星が輝いている。

2018年〝始まりの日〟。

あの晩夏の夕刻も西方の低空には金星が煌《きら》めいていた。

予備校から帰路につく普通の高校生の3人組がアナザーライダーと遭遇したあの時から、体感としてはまだ一日、二日である。

しかし今、3人の高校生のうち残った一人、常磐ソウゴとともにこうして2068年の砂漠を歩いていると、途方も無い時間の旅をしてきたように思えてしまう。

「今夜はここまでにしよう。これ以上進むのは危険だ」

私たちは砂漠の際まで歩いてきた。

地面は砂よりもむき出しになっている岩が目立つようになり、枯れかけの低木や草が散見される。

この先はしばらく低い岩山が続く。

すでに太陽は地平線の下に潜り込み、わずかな残陽《ざんよう》が西方の空と大地の狭間を橙《だいだい》色《いろ》に染めた。私たちはその心許ない太陽の恩恵を頼りに、二人が身を隠せて寒気を凌げる洞穴を探した。

少し歩いたところで高低差20メートルもない崖の縁《へり》に窪《くぼ》んだ地形を確認する。

崖の下に降りてみると直径3メートルほどの空洞があった。

おそらく昔は河川だったのだろう。その空洞は暗渠《あんきょ》が太い河川に合流する際の出口のように見受けられた。

私たちはそこで野営することにした。

周囲にわずかにあった枯れた草木をかき集め、焚《た》き火《び》をおこし、しばらくの間暖を取る。

外気温はかなり低下している。

本格的な冷気が訪れる前に砂漠を脱していてよかった。オーマジオウ討伐隊時代の経験とトビネズミに感謝した。

「いやあ、ウォズ、ここのこと詳しいね」

「私が以前活動した場所だから、当然のことと言えば当然だ」

「そっか。ウォズにとってはここに来るってことは『戻ってきた』ってわけだもんね」

「戻ってきた……？」

「あ、だからか。2018年に戻ってこないの？　って聞いた時、何も言わなかったの。ウォズにとって戻るっていうとここに戻ることになるのか」

2068年に、戻って、きた？

確かに物理的事実はそうだが、改めて考えると違和感もある。

「どうかな。この場所も本来の私の場所ではないからね。そもそも、私に戻る場所などないと思うが、あまり真剣に考えたことはないんだ」

変な同情を誘うようには聞こえてほしくはなかった。

実際、戻るところがないことをネガティブに感じたことはないのだ。

「そっかあ……まあ皆、色々あるしね。それで、このあとはどうするの？」

新たな魔王もそれ以上深くは掘り下げなかった。

私もすぐに会話を切り替え、考えた。

この一帯は岩山が広がる地域である。

その岩山を越え、荒廃したビルの樹海を抜けると先に王都《おうと》と呼ばれる特別区域がある。

オーマジオウの宮殿はそこにある。

「明朝、その宮殿へと向かおうと思うのだが」

本来であれば宮殿内にはオーマジオウとレジスタンスを裏切った直後の私がいるはずで

ある。

〝２０６８年に関連しているアナザーウォズ〟を２０１９年から追ってきた我々としては、まず何よりも先にオリジナルであるこの時代のウォズを当たるべきであろう。

いや、我々の追っているミステリーと、２０６８年の接点を見いだそうとすると、この時代の私くらいしか思い浮かばないのが事実である。

問題はどのようにして、宮殿に潜入するか。

「ディケイドウォッチを使えないかな？」

「どうかな。ディケイドの力はけして瞬間移動装置じゃない」

実際、オーロラカーテンとは世界の壁を超えることを可能にしてくれている特殊な力であり、同じ世界の中を自由に行き来できる便利な扉のようなものではない。

それに、ディケイドの力を使って我々は２０６８年の時空に来たが、狙った瞬間や照準を合わせた場所にたどり着けるかと言えば違うだろう。

ディケイドの能力を行使できるのは私でなく、仮面ライダージオウ　ディケイドアーマーであり、それはすなわち目の前にいる新たな魔王である。彼はこの時代のことを何も知らない。門矢士であればそれも可能なのかもしれないが……

「じゃあ、直接忍び込むってこと？」

「それしかなさそうだ」

と言ってはみたものの、それも容易ではない。

宮殿はオーマジオウの近衛兵や、配下である機械兵のカッシーンによって厳重な防衛網が敷かれている。その警備を突破できたとしても、宮殿内には〝最低最悪〟にして〝最強〟の魔王・オーマジオウがいる。我々二人で彼を相手にするリスクは取りたくないし、話が余計ややこしくなるのは目に見えている。

果たしてどのような策が有効であろうか……

その時、私の腹部の自律神経が胃部の動きを促し、それに伴う作動音がわずかに放たれた。

平たく言うと腹の虫が鳴ったわけだが。

この距離では新魔王の聴覚も今のノイズを捉えたはずである。私はこのような時も沈着に努めようと試みる。その時、新魔王の自律神経も同様に胃部の作動音を生じさせた。

「あはは。お腹空いたよね。何か探しに行こうか」

この空気を笑いのける新魔王の気概たるや。

我々は食料となるものを探しに向かおうと立ち上がる。

その時、ふと思い出した。

2018年を発つ際、順一郎氏からアップルパイを渡されていたのだった。

「さすがオジサン、気が利くなあ」

私たちはありがたくパイを分け合った。
この状況でこの芳醇《ほうじゅん》な甘みは実に……。ん……？
「……これ……、アップルパイじゃない。アプリコットだよ」
私の味覚の違和感の解答を新魔王はすぐに指摘した。
余分に作ったのか、順一郎氏はアップルパイではなくアプリコットパイを私に渡してい
たようだ。むろんこれはこれで美味《おい》しい。しかしアップルパイを受け入れる準備の整って
しまった舌には不意打ちである。
が、とりあえずは氏の厚意をフォローするしかない。
「……外からの見た目はアップルパイと全然変わらないからね。順一郎氏も間違えてしま
ったのだろう」
「オジサンたまに抜けてるとこあるからね」
以前の我が魔王を知る身としては彼の氏へのコメントに対して『君が言うべきじゃな
い』と追撃をしかけたくなるが、この新魔王に関してはそれが通じないのが残念である。
そう思って彼を見ると食べかけたアップルパイ改めアプリコットパイの切り口を見つめ
たまま固まっていた。
「どうしたんだい、急に押し黙って？」
「ウォズもこれがアプリコットパイって気づかなかったんだよね？」

「そうだが」

「作ったオジサン本人でさえ気がつかなかった……」

何か閃《ひらめ》いたのか、希望を見いだしたような目で私を見た。

「このアプリコットパイと同じじゃないかなあ……！」

「……？　何のことだい？」

「俺たちの目的はこの時代のウォズなわけでしょ？　そのウォズがオーマジオウの宮殿にいるんだったら、そのウォズに、ウォズがなりすますんだ」

「すまない、新たな魔王。説明がウォズまみれですぐには整理がつかない。私が私になりすます？」

「だからさ。警備してる人からしたら見た目じゃわからないってこと。２０６８年のウォズなのか、２０１８年から来たウォズなのかってさ。それを利用するんだ」

つまりはこういうことであろう。

この私と、今、宮殿にいるであろう２０６８年のオーマジオウに近づいた私――すなわち……

「もうややこしいから『旧《きゅう》ウォズ』でいいんじゃない？」

………。

その旧ウォズとこの私を区別することはカッシーン含め、宮殿の者には不可能であろう。先ほど、パイの中身を見た目では判断できなかった我々のように。

私が旧ウォズとして、宮殿の真正面から入れば、衛兵たちにしてみれば『ウォズが宮殿に到着した』としか思わないはずである。

「状況は実に複雑怪奇ではあるが、言いたいことはわかった」

正面突破。

それも私がカッシーンや衛兵たちを欺くことが必須となるのだ。危険ではある。

だが、敵の目を盗んで抜け穴を探し出す宮殿の潜入を試みるよりも、意外と可能性は高いかもしれない。

もちろん、宮殿内に潜入できたとてそれで終了ではない。もう一人の私、旧ウォズがいるであろう宮殿内の中枢部に忍び込むのは困難であり、相応の策が必要であろう。

しかし、突入の方針は決まった。

「わかった。君の案に乗ろうじゃないか、新たな魔王……」

焚き火の炎はけして多くはない草木を静かに燃やしていく。

乾いた小枝が小さく燃焼する音が沈黙を色濃くし、ゆっくりと闇夜を深くした。

＊＊＊

「ウォズッ！　何故だッ⁉」

ああ、ゲイツ君か。何をそんなに憤慨している？

「お前のもたらした情報とオーマジオウの行動は全く違っていた。それだけじゃない。奴は俺たちの襲撃実行の日時も場所も、すべて知っていた……！　オーマジオウに俺たちの計画が漏れていたということじゃないのかッ⁉」

なるほど。そのことで怒っているのか。

「そのこと、だと……⁉　何人の仲間が死んだと思っているんだッ⁉」

まだ報告は受けていない。

「すべてだ……。実行部隊にいた者すべて……」

君が生き残ったのが不幸中の幸いだ。最後はツクヨミ君に救われたそうだね。感謝しなければ。

「ふざけるなッ！　仲間の死に対してそれだけか……！」

だから不幸なことだと言った。私の部下でいたことも含めて。

「……まさか！　貴様が計画の情報をオーマジオウに渡したのか……⁉」

一体、何を根拠に……？

「許さんぞ……」

『裏切り者』

そう罵られたところで夢から覚めた。

新たな魔王は洞穴の壁際で横になってまだ眠っている。

私は小高い崖を登り、昨夜来たであろう道なき道を振り返った。夜明けまでもう半時もないだろう。東方の空は鮮やかな藍色が下にいくにつれ金色となり、美しいグラデーションで染められていた。

それにしても寝覚めの悪い夢を見た。

この２０６８年でのゲイツ君やツクヨミ君との再会が、過去の彼らとの記憶を呼び起こさせたのだろう。

とにかく、今は過去のことはいい。

私は新たな魔王を起こし、王都へと向かった。

道の途中。我々は必ず通らなければならない場所がある。

〝常磐ソウゴ初変身の像〟。

２０１８年。常磐ソウゴが初めてジオウライドウォッチとジクウドライバーを用いて変身を果たしたあの瞬間。その姿を象った巨大な全身像が、記念碑として建立されている。

昨日、ゲイツ君とツクヨミ君たちに囲まれた際、彼らは私とともにいた青年を見て、

『どこかで見たことがある』と評していた。

この像の存在がその理由であろう。

そして像の周りには歴代仮面ライダーの像が並ぶ。その様相は見方次第では常磐ソウゴ像が歴代ライダー像を率いているようにも、歴代ライダー像が常磐ソウゴ像を守っているようにも見えた。

「これ……俺の石像……⁉」

新たな魔王は驚きを隠すことなく、その光景を食い入るように見つめた。

人間が石像として祀《まつ》られるのは大きく分けて二つの場合がある。

一つは、生前の功績を称え、その人物の死後に敬意をもとに建てられるもの。

一つは、時の権力者が自らの力を民衆や対外的に誇示するために建てさせるもの。

この常磐ソウゴ像は後者であることは間違いなかろう。

「18……？」

「そう。今の君と同い年の像だ」

確かに、何故オーマジオウはこの時代の自分ではなく、若かりし日の自分をモティーフとして選んだのだろうか。やはりあの2018年〝起源の日〟に何か意味があるのか。

「行こう、新たな魔王」

自分を模した石像を見るなどそうそう経験できることではない。彼は白昼夢でも見ている気分だったのかもしれない。

石像を通り過ぎ、間もなくして、前方に王都の全容が見えてきた。

今私たちがいる岩場からあと1キロほどだろうか、徐々に人の往来が増える道を行くと王都の玄関口である外郭門《がいかくもん》へとたどり着く。

日本という国における『都』という概念は当然のことながら古代中国の思想を礎として成り立っている。

平城京《へいじょうきょう》も、平安京《へいあんきょう》も、陰陽道《おんようどう》にちなんだ方位学の知見をもって都市の建造物の配置やインフラが整備されているのは有名な話であろう。

では、このオーマジオウの住まう王都はどうか。

小高い丘の上に建てられた宮殿は、王都を見下ろしながら権勢を誇るっているようでもあり、王都そのものを外部の侵略からの盾としているようにも見える。

ある者は城塞都市アンベール城の影響を受けたと言い、またある者はグラナダのアルハンブラ宮殿の思想を取り入れたと言う。

真偽のほどはともかく、この城郭の構造から、オーマジオウが一体何を思考し、何を警戒していたかを読み取ることは可能ではなかろうか。

全世界を見ても、平地に建てられる城は平時、商業や交通を重んじた時代のものであり、高台や山に建てられる城は乱世、常に起こりうる戦を想定していた時代のものである。

我々が外郭門にたどり着く頃には太陽はかなり上のほうまで昇っていた。

堅固な外郭門が見え、通行人の数が一気に増大する。

この外郭の中では少ないながらも民衆が圧政のもと生活を送っているのだ。

「ここから先は顔を隠したほうがいい」

私は新たな魔王に忠告した。

この王都に住まう者たちが石像のモデルとそっくりな青年を見れば、昨日ゲイツ君とツクヨミ君が反応したように、彼の顔に注目するだろう。そして大衆は見るからに尊大な石像の主を忌み嫌っている。無用な騒ぎとなりかねない。

私と新たな魔王はマフラーとスカーフで顔を隠し、砂漠の民よろしく外郭門へと入っていった。

そこでは通過する者たちが列を成し、衛兵たちの検問を受けている。

「ねえ、俺パスポートとかそういうの持ってないんだけど」

列の先端の者が何かの書類を衛兵に見せている姿が彼に不安を与えたようだ。

「……あ！　学生証ならある！　それで通れるかな？」

財布にでも仕舞っていたのか、この時代では何も証明できないであろう身分証明証を私に見せた。

「心配いらない。この外郭門を通行する際に特殊な検問はないからね。簡単なボディチェックと持ち物を確認するくらいだ」

ただ、この日は通常よりも警備が多少厳重な印象を受けた。衛兵の数も通常に比べて幾分か多く感じる。

昨日遭遇したゲイツ君の様子から察するに、おそらくレジスタンスのオーマジオウ暗殺計画はこの数日内に起きたことだったのだろう。それゆえ、警戒態勢が通常よりも厳しく敷かれていると思われる。

「ちょっと、見て……！」

検問所の壁にはゲイツ君とツクヨミ君の顔写真が貼ってあった。写真の下には数字が並ぶ。懸賞金だろう。

「うわ、ゲイツもツクヨミも賞金首なんだ……」

念のため確認すると、この常磐ソウゴは歴史の塗り替えられた２０１８年から来ている。

彼も、ゲイツ君も、ツクヨミ君も全国で指折りの成績を叩き出す受験生という設定だ。その級友二人がこんな扱いを受けることになるなど、数日前までは夢にも思わなかっただろう。

「ちょ、待ってくれ！　俺はレジスタンスなんかじゃない！」

「構わん。連行しろ！」

私たちの前方で衛兵たちに捕縛されどこかに連行されていく男がいた。列に並ぶ人々のざわめきが収まらぬうちに私たちの番が来た。

「やばい、大丈夫かな……」

衛兵は私の顔を見てしばし間を取る。そして、新たな魔王を見た。

「彼は？」

衛兵が問う。

「私の連れだ」

「……通れ」

私たちは通り抜けに成功した。いや、正しく言うと通り抜けられることはわかっていた。

「だから心配ないと言っただろう」

「え？　何？　顔パス⁉　どういうこと⁉　ウォズ、ＶＩＰなの？」

「私はこの王都では武器商人ということになっているからね。活動しやすいように外郭門の衛兵たちは買収済みだ」

当時。オーマジオウ側はレジスタンスの存在を認識してはいたが、人物の特定までは至っていなかった。多くの構成員は表向きの肩書を持ち、レジスタンスの活動は地下で秘密裏に行っていたのだ。

私は私で王国軍御用達《ごようたし》の『武器商人』として暗躍し、オーマジオウに接近していた。

「要するにスパイってことか。なんか似合ってるじゃん」

この辺の遠慮のなさは、我が魔王と何も変わらない。

「でもちょっと待って。昨日ゲイツが言ってたのって……」


〝裏切り者の未来がどうなるか、貴様ならわかっているはずだ……ウォズ……！〟


「あれ、どういうこと？」

やはりそこに突っ込むか、新たな魔王よ。

「何から説明すればいいかな……」

実はこの時代の出来事について、正史の我が魔王にも説明していない。

実際問題、彼がそこまで深く掘り下げなかったということもある。

ただ私にしてみれば踏み込みすぎた結果『我が魔王が２０６８年までの歴史とその裏で起きている全貌を知ってしまうことで、彼の取る選択が思わぬ方向に向かいかねない』と危惧したのが最たる理由だった。

私には私の〝歴史の管理者〟という立場があり、大義があったのだ。

しかし、今はこの時代で我々の追ってきたミステリーを解消しなければいけない。

それにはこの時代の概要を彼の頭に入れておくのが得策と考えた。

「簡潔に話そう」

私は新たな魔王に話し始めた。

——私がもともとこの２０６８年の人間ではないこと。

——ある組織に属し、目的を果たすためにこの時代にたどり着いたこと。

——そこで私はゲイツ君とツクヨミ君のいるレジスタンスに加入し、彼らの上官として彼らを思いどおりに動かしていたこと。それはすべて私がもともと属していた組織の指示によるものだったこと。

「そして、私は武器商人と偽りオーマジオウに接近した。これはレジスタンスの作戦でもあったが、実はそれこそが私の目的を果たすため私が虎視《こし》眈々《たんたん》と狙っていた好機でもあったんだ」

私のレジスタンス実行部隊隊長としての任務は、オーマジオウの動向を探ることだった。そして私の仕入れた情報を元に実行部隊は襲撃計画を立て、実行した。

しかし、私の本来の目的はそれではなかった。

私が成し遂げねばならなかったのはオーマジオウの玉座の間に潜入することだった。

「だから、あの襲撃計画を利用させてもらったんだ」

レジスタンスの計画を知ったオーマジオウは王国軍の主力を率いてレジスタンスの一掃に乗り出した。

「私はその隙をつき、オーマジオウの玉座の間に単独で忍び込めた、というわけさ」

「レジスタンスはどうなったのさ?」

「ゲイツ君とツクヨミ君の他は……、全滅……」

「うわ……、下衆《げす》すぎ……」

「勘違いしないでくれ。ゲイツ君たちは私が嘘の情報をレジスタンスに流し、そして我々の計画をオーマジオウに漏らしたと思っているが、それは誤解だ。オーマジオウはすでにレジスタンスの情報を知っていたんだ」

「なら作戦の中止を言えばよかったじゃん」

「当時の私には任務がすべてだったのでね」

「やっぱ下衆だ」

やむなしとはいえ、この当時の話をするのはあまり気分がいいものではない。

一つため息をついたその瞬間。私たちの前を行商人らしき風貌の者たちが横切った。

直後、行商人たちは私たちに急接近し、そのうちの一人が私の目前に立った。

「そういうことだったのか……」

ローブの中から覗く鋭い眼光。

ゲイツ君だ。

――新たな魔王、あの路地へ……

口から発する前にゲイツ君はローブの中から〝何か〟を突きつけてきた。

小銃である。

見ればすでに新たな魔王もゲイツ君の仲間たちに捕縛されていた。そしてその中にはツクヨミ君もいる。

「ゲイツ……ツクヨミ……！」

「静かにして」

「ウォズ。黙ってついてこい。ここで騒ぎを起こしても互いに得はないはずだ」

ゲイツ君のこの小銃が相手ならばまだ対処できる。そして仮面ライダーウォズになればこの包囲を抜け出すことなど容易い。しかしこの場所で暴れれば確実に周囲に知れる。王宮への潜入は諦めざるを得ない。

「仕方ない。投降しよう」

私と常磐ソウゴはゲイツ君とツクヨミ君の虜《とりこ》となった。

＊＊＊

たとえば時計の秒針が刻む音。

たとえば扇風機の首が回る際に出る駆動部のこすれる音。

通常では注意をしないと聞こえないものが、印象深く耳に届く時。

それは深い沈黙の中にある、ということではなかろうか。

普段聞こえないものが耳につくからこそ、静寂を一層色濃く感じるという心理状態は、甘いものに少しだけ塩を加えると甘さが際立つ、という原理に似ている気がする。アップルパイのリンゴの甘さがあんなにも官能的に感じるのはパイ生地に含まれた塩味が絶妙に効いているのかもしれない。

ここは王都のはずれの路地に位置する古い建物の地下室である。

私がレジスタンスとして活動していた頃から使っていた最前線の隠《かく》れ処《が》であり、勝手知ったる施設でもある。

時折、天井を幾何学的に走る水道管の結露が集まってできた雫が、コンクリートの床にピトリ……と落ちる。

その音は私のいる独房の静けさを掘り下げていく。

私の両手は硬い縄で括《くく》られ、身動きが取れないよう私の身体はボロボロになった椅子に縛られていた。

とは言っても先にも示したようにここは〝勝手知ったる施設〟である。私一人脱出することは、けして不可能なことではないだろう。

私はここを抜け出すルート、それも精巧なものを導き出そうと試みる。

しかし、思考は一旦立ち止まる。

他の部屋に軟禁されているであろう新たな魔王はどうする？

そして〝宮殿に潜入しこの時代の私と会う〟という当初の目的を前にして、かつての私の部下たちとコトを構えるのは正直厄介である。

さらに懸念は深淵にたどり着く。

正史ではこのあと、ゲイツ君とツクヨミ君はなんらかの展開を経て、仮面ライダーゲイツの力、ゴーストライドウォッチ、ドライブライドウォッチを手に入れ、タイムマジーンにて２０１８年〝起源の日〟に赴くことになっている。『真逢魔降臨暦』の一つ目のエピソードの前、いわゆる序章に値する部分にその情報があったはずだ。

であれば、これ以上私と関わればそれこそ、変な歴史改ざんが起こり、すべてが始まらなくなってしまう。

そんな危惧が脳裏に浮かんだ時、ゲイツ君が入ってきた。

ゲイツ君は仲間に部屋の外から鍵をかけさせ、私の前に立ちはだかった。

「私を一体どうするつもりだ？　処刑したところで君の仲間たちは戻ってこない」

「俺の仲間か……。お前の仲間じゃないと理解していいってことだな？」

「言葉の揚げ足を取っていたら、話が前に進まないと思うが。それこそ君にとっても私にとっても、大事なのは未来じゃないのかい？」

「貴様が未来を語るなッ！」

正直、この時期のレジスタンスの問題は、今の私にとっては〝大昔〟の出来事である。しかしながら目の前のゲイツ君にしてみれば、当事者であり、つい数日前の出来事なのだ。

我々の間を隔てる温度差が縮まるわけがない。

「俺たちの計画が失敗し、仲間たちが殺されたのが３日前。しかしお前はまるで遠い昔のことを話しているような印象だ。我関せず、というような……」

すまないがそれはたった今自分でも思ったことだ。実際私にとってはもはや大昔のことなんだよ、ゲイツ君。

「しかし、すべては貴様が俺たちにもたらした情報が元だった。そして俺は貴様がオーマジオウに俺たちの情報をリークしたと見ている」

「それは飛躍のしすぎだ、ゲイツ君……」

「ならば一体どういうことだッ!?　説明しろッ！」

ゲイツ君の激昂《げきこう》が狭い地下室に轟いた。

「私もできるなら説明したい。しかし、それは不可能なんだ。第一、今の君は信じないだ

「ろうしね」

2018年に行ったあとの君ならば信じるかもしれない。

しかし、今この時のゲイツ君には私の話を信じる余裕もなければ理解するのも困難だ。

さらに、先にも述べたように、彼はこのあと2018年に自らの意志で向かう。その妨げになるような情報は与えられない。

「信じるかどうか、まずはすべてを白状してからだ。俺が真相を見誤り、お前の作り話に揺さぶられると思うか……⁉」

いや、たとえ私が正直に話したとして、君は自分にとって都合の悪いものはすべて作り話と断じてしまいそうだぞゲイツ君。

実際2018年からの1年間、君は結構揺さぶられていたし。

——作り話に揺さぶられる……？　そうか……。

私はゲイツ君の言葉をきっかけとして不意に〝突破口〟を見いだす。

「私の話に揺さぶられない、と言ったね？」

「ああ」

「ならば、話そうじゃないか。君の理解が追いつくならばだが」

「いちいち挑発するな。聞いてやる」

「それには大事な〝証拠〟が必要だ。私とともにいた青年も連れてきてくれ」

「……いいだろう」

ゲイツ君は独房を後にした。

そののち、私はゲイツ君の指示で拘束を解かれ、独房から出された。

レジスタンスの者たちに見張られながら通路を歩かされると、向こうから同じように囚《とら》われの身の新たな魔王が現れた。

「ウォズ！」

「新たな魔王、無事でなによりだ。何か聞かれたかい？」

「いや、俺のところには誰も来なかった」

私の証言を取ることを優先したのだろう。それはそれで好都合だ。変な帳尻を合わせる必要はなくなった。

私たちはコンクリートに囲まれた広めの一室に入れられた。

ひんやりとした空気が緊張感と殺伐さを作りだし、私たちを覆う。

ここは以前の私たちが参謀本部として作戦の計画を練っていた部屋だ。

汚れたホワイトボードには消しかけの文字。止まった置き時計。そして古びた会議用の机とガタの来ているパイプ椅子が並ぶ。

「それで、このあと俺たちはどうなるの？」

「わからない。私の知る２０６８年ではこんな展開はなかったんじゃないかな」

「アバウトだな……」

それも致し方のないことである。

２０６８年の私はオーマジオウ襲撃計画が失敗に終わったあと、レジスタンスを抜けてから２０１８年の〝起源の日〟までゲイツ君にもツクヨミ君にも会っていない。

この先、２０６８年で何が起こり、どんな流れで二人が２０１８年の常磐ソウゴのもとに現れたのかは知らないのである。その私の知らない経過の中で、先述のようにゲイツ君は仮面ライダーゲイツの力と、二つのライドウォッチを手に入れる。

「ウォズがどうなるか知らないなら、手の打ちようがないじゃん……！」

「いや、私が知らないならば、むしろそれを大いに活用させてもらう」

「どういうこと……？」

「今から私は、私の書いたシナリオどおりに事を進める狂言回しとなる。新たな魔王、君は私に合わせてほしい」

「わ、わかった……」

しばらくして。

ゲイツ君とツクヨミ君が率いるレジスタンスの面々が部屋に入ってきた。

そう多くはないレジスタンスのメンバーが私たちを囲む。

「始めよう。ウォズ。すべて話せ」

私は一歩前に出て語り始めた。

「一つ君たちは大きな誤解をしている」

「何をだ？」

ゲイツ君の鋭い眼光が私を刺すように捉える。

「私はウォズではあるが、君たちの知るウォズではない」

私の言葉が理解できなかったのだろう。憤慨とも、嘲笑とも、困惑とも違う、ある種言語の違う者同士の会話のような空気が我々を隔てた。

「何を言っている？」

「君たちの追っている裏切り者のウォズはおそらく今、オーマジオウの宮殿の中で匿《かくま》われているだろう。調べればすぐにわかるはずだ」

実際、このレジスタンスでは宮殿の中の情報を外部から監視している組織のメンバーが王都に潜んでいた。彼らが今この時代のもう一人のウォズを確認できていれば、私の証言は正当性を持つ。

「なんならその確証が得られるまで私は待っても構わない」

ゲイツ君は目配せをして仲間のうちの一人を退室させてどこぞへ向かわせた。おそらく宮殿内の情報を確認させる伝令だろう。

「お前の言うように、お前が俺たちの知っているウォズじゃなかったとしよう……」

一旦中断した議場は、再開された。

「ならばお前は誰なんだ？」

ゲイツ君が核心を突く。

「私は過去、２０１８年からやってきたウォズである」

この時、初めて室内がざわついた。

新魔王は驚愕の目をこちらに向けた。君の言いたいことはわかっている。『ちょ、それ言っちゃっていいの……⁉』と、いった具合だろう？

そんな戸惑いが充満するコンクリートの室内で、ツクヨミ君の反応は他の面々とは違っていた。

「２０１８年……⁉」

何か思うに至ったのだろう。私に質問を投げかけようとした。

しかし、その戸惑いの議場を打ち破ったのはやはりゲイツ君である。

「ふざけるなッ！　そんな馬鹿げた話を信じると思うか……ッ！」

怒声が鳴り響く。

「言い逃れようにも他の手があるだろうッ！　貴様はここまで来て俺たちを愚弄するのかッ⁉」

そう怒鳴りつけ、小銃を取り出し私に向けた。

「今、この場で、貴様を始末する。仲間たちへの手向《たむ》けだ」

ゲイツ君の指が引き金を引こうとした時。

「ちょっと待ってウォズ……」

ツクヨミ君がそれを制す。

「なんだツクヨミ……⁉」

「いいから……」

ツクヨミ君は猛々《たけだけ》しくも穏やかに、荒ぶるゲイツ君の感情を抑えるよう話し始める。

「ウォズ……。私はあなたの話を信じたわけじゃない。でも聞かせて。その子……」

新たな魔王を見る。

「誰なの……？」

ツクヨミ君だけでなく、議場の者すべての視線が〝彼〟のもとに集まる。

さすがの新魔王もこの時ばかりは緊張感に襲われ固まるだけだったようだ。

「まさか……」

ツクヨミ君はすでに予見していたのか。であればそれはいつか？　はたまたただ感覚で何かを受けてとっていたのか。

私には結論を出せないが、とにかくこの女史の切り出した言葉に私は便乗した。

「そのまさかだ……」

そして私は手を開いた。

あの時、あの〝起源の日〟、魔王生誕の瞬間のように。

「祝え……！　全ライダーの力を受け継ぎ、時空を超え、過去と未来を知ろしめす時の王者。その力の主、常磐ソウゴ……！　まさに降臨の時である……！」

私の声がコンクリートの壁に反響した。

舞台が殺風景なこの部屋というのが演出的になんとも残念である。

「ちょ、ちょちょちょちょ！　ウォズ！　それ言っちゃダメなんじゃないのッ⁉」

「いや、もうこうでもしないと前に進まないと思ってね」

「いやいやいやいや、やばいでしょ！　こんなの歴史変えるどころか、俺ここで殺されちゃうよ！」

「……その可能性は考えていなかったな」

「うえええええ〜〜〜〜〜……」

しかし。私たち以外は静まり返っていた。

鳩《はと》が豆鉄砲を食ったのか、それとも理解が追いついてないのか。唖然《あぜん》とはこのことだろう。

ツクヨミ君がその沈黙を破る。

「……やっぱり……、昨日砂漠で見た時……どこかで見覚えがあると思ったけど……。あの像と同じ人物だったんだ……！」

ツクヨミ君が言っているのは〝常磐ソウゴ初変身の像〟のことであろう。

ここにいる一同すべてがあの像を知っている。その像の顔と目の前にいる青年の表情が一致した。

この沈黙はその事実を誰もが認めた証《あかし》である。

「バカなッ！　オーマジオウの若い頃の顔と似たどこぞの馬の骨を連れてきたに過ぎん！」

予測したとおり、ゲイツ君は受け入れない。

「だいたい数十年も前のオーマジオウが一体どうやってこの時代に来られると言うんだッ！」

「新たな魔王、ウォッチを」

「え？　ああ……」

彼はディケイドライドウォッチを取り出して見せた。

ツクヨミ君が食い入るように見つめる。

「これは……何……？」

「ディケイドウォッチ。仮面ライダーディケイドの能力で時空を超えてきたんだ」

「仮面ライダーディケイド？　そんなライダーは知らん……！」

「君が不勉強なのはどうでもいいが、事実は事実だ」

「何が事実だ。すべて貴様の作り話に過ぎん……！」

やはり君は自分に都合の悪い話は作り話と断じてしまうんだな、ゲイツ君。

「ウォズ……、これって俺が常磐ソウゴだって、信じてもらったほうがいいの？」

当事者が私に問いかけた。確かに、昨日は私にこの時代のゲイツ君たちに身の上を知られるなと言われるし、今は今で私に真相を暴露されるし。彼も何が正しいのか困惑しているのだろう。

「もはや信じてもらったほうがいい」

「じゃあ……」

新たな魔王はおもむろに財布の中から学生証を取り出し、ゲイツ君とツクヨミ君に見せた。

いや、さすがにそれで信じさせるのは無理があるだろう。そんなものはいくらでも偽造できる。ゲイツ君たちも……

「本当だ……」

それで信じるんかい。

慣れない言葉遣いで突っ込んでしまうほど鮮やかにゲイツ君とツクヨミ君の疑念は晴れた。

ツクヨミ君は私への追及を続ける。

「それで、アナタが私たちの知る現代のウォズじゃないとする……」

この場合の〝現代のウォズ〟とはツクヨミ君やゲイツ君の視点に立った表現である。二人にしてみれば私は今のところ〝過去から来たウォズ〟ということになる。

「アナタはこの常磐ソウゴをこの２０６８年に連れてきて、何をするつもりなの？　目的は一体……？」

「オーマジオウの討伐だ……」

ここから、私の狂言回しのスタートである。

シナリオは概《おおむ》ね以下の具合となった。

『私はある時空において、オーマジオウが世界を滅ぼすことを知った。そして、オーマジオウ討伐を企てるが、奴を倒す者がいない。そこで、オーマの日以前の２０１８年の時空に飛び、まだジオウの力を得ていない常磐ソウゴの協力を得た』

ところどころフィクションとノンフィクションを混ぜ込み都合よく筋をこしらえたが、そこまで突拍子もないものではないはずだ。

「そして、先ほど言ったように、私たちはオーマジオウの宮殿に潜入を試みようとしていたんだ」

難しい顔でゲイツ君とツクヨミ君が私の話を咀嚼していた。

「……そっか」

「どうしたツクヨミ？」

「だからこのウォズは、この時代のウォズと同じ姿をしてるってわけなのね。ウォズの姿になればオーマジオウに近づける……！」

「なるほど……」

何故だかそういう設定にさせられてしまったが、そのほうが彼らの中で腑に落ちるのであればそういうことにしておこう。

とにかく、私はこの〝狂言〟の仕上げを遂行する。

「ただ、私たちだけであのオーマジオウを倒すには心許ない。そこでだ……。私たちに協力してほしい……」

「なんだと？」

「君たちのオーマジオウ襲撃計画が失敗したのは理解している。もはや戦力も壊滅的だろう。だから君たちが攻め入る必要はない。私とこの常磐ソウゴが、宮殿に潜入できるよう、力を貸してほしいんだ」

しばしの沈黙が生じる。

それはこの時期のゲイツ君、ツクヨミ君、二人の状況が極めて追い詰められていることを物語る。たとえ証拠があろうとも、突然50年も昔からやってきたオーマジオウの御本人と得体の知れないウォズのそっくりさんと手を組め、と言われてすんなりＹＥＳとはいかないだろう。普通の感覚であれば拒絶が妥当である。しかも即答で。

実際私もこの場から解放されるのが第一の目的。

レジスタンスの協力は絶対の希望ではない。

しかしながら、二人は悩んだ。そして。

「いいだろう」

正直驚きである。

ただそれはあまりこの時代を自由に動けない我々にとって有難いことでもあった。

「ただし条件がある。俺とツクヨミも行く」

「……私は構わないが」

私は一瞬考えた。実のところそれは素振りなのだが、その辺はもはやゲイツ君たちも関心はないだろう。

「残ってる問題は……」

ツクヨミ君が議論を収拾するためにも更なる提起をするようだ。

「まだ何かあるかい？」

「このウォズを何て呼ぶかよね」

は？

「確かに、俺たちを裏切ったウォズとこのウォズが違うのであれば、混乱を極めるぞ」

ゲイツ君が乗った。彼らにはそれほどにも問題なのだろうか……。

「いやいや、そんなのは別に……」

「『黒《くろ》ウォズ』でいいんじゃないかな？」

すかさず提案したのは新たな魔王だった。

私は一瞬ドキリとした。

その呼び名をつけたのは他ならぬ常磐ソウゴである。しかし、それは正史の我が魔王のことだ。それが歴史の塗り替えられたあとの世界の彼が何故……？

「ほら、腹黒そうだからさ。しっくり来るでしょ」

意味がわからない。

「よし、ならばお前の策を教えろ黒ウォズ」

かくして。私の呼称はめでたく黒ウォズに『戻った』。

＊＊＊

都市とは、人間が地形と寄り添うことによって歴史の中で育まれる。

かつて、人類が文明を起こした時。生まれたての都市のそばに必ず存在したのは河であった。

エジプト文明にはナイル川が。メソポタミア文明にはティグリス川とユーフラテス川が。古代中国文明には黄河《こうが》が。

そして時代が進み、人類が戦乱と混沌を世界各地にもたらすと、都市には人々を収容できる容量とともに防衛の機能も必要とされるようになる。

パリしかり、フィレンツェしかり、マドリードしかり。中世以前の要衝は内陸の周囲を山岳に囲まれた平地に築かれる。進入する道が限られ、そこに強大な砦《とりで》を築くことで他国からの進軍を抑えられるからだろう。

その事象はこの国でも見られ、鎌倉《かまくら》、京《きょう》、これら中世における権勢の拠点となった二つの都府は山に囲われ、侵入が困難な場所に置かれている（その割に中世の京は戦のオンパレードであるが）。

さらに時を経て海運が起こると都市は貿易力を内包した側面を持たねばならなくなる。ニューヨーク、上海《シャンハイ》、シンガポール、そして東京《とうきょう》。どの都市も海、しかも潮の流れの影響が少ない場所で存在感を強めた。

人類がその時代の情勢や文明の進歩に合わせ、元は何もなかった大地に都市の機能を纏わせてきたその基盤はすべて、地球が生み出した地形にある。

ではこのオーマジオウの築いた王都はどうであろうか。

宮殿の建てられた小高い丘は、超巨大な爆発によってできた半径3キロメートルクラスの二つのクレーターが交差する場所である。そして周囲を囲む崖も元はというとそのクレーターの縁であった。

ここから数キロ離れたところに海はあるが、それはかつて内陸にあった河岸段丘《かがんだんきゅう》の名残で、地形の変化と海面上昇により海と河川が入り混じった入り江が出来上がったに過ぎない。

実はこの王都がもともとは何処《どこ》だったのか、2068年時点の研究で結論は出ていない。

というのも、私たちが過ごした2018年〝起源の日〟から2019年〝決戦の日〟、その正史では起きることのなかった〝オーマの日〟という存在を覚えていようか。

この2068年の歴史観としては、オーマジオウが発動させた7体のダイマジーンによって地上の一切が焼き尽くされたとされている。

それが事実なのか、はたまた後世に作られたものなのか、それは未だ結論づけられていない。

しかし何らかの超常の力が働き、それまで人類が紡いできた文明とそれが見える形として具現化された〝都市〟が壊滅したのは事実である。

そしてその時、地表が大きく歪み、屈折し、それまでの地形と大きく変わってしまった。

山脈と平野の境目は所々大胆に削られ、水源を失った河川を枯渇させた。

長らくの気温上昇が起こり、海面が上がり、海抜10メートル以下にあった世界中の都市はすべて没した。

海と砂漠と低い岩山。これらが地球の大地における低地部分のほとんどを形成したのである。

そんな状況のもと築かれたこの王都をかつての都市たちと並べて考えてよいのかわからない。

何をもって都市とするか？

先述した理論——人類がその時代の情勢や文明の進歩に合わせ、元は何もなかった大地に都市の機能を纏わせてきた。その基盤はすべて、地球が生み出した地形にある——を都市の定義とするならば、オーマジオウの王都は都市とは呼べない気がする。

超常の力による作為的な破壊。その跡に作られたこの街は、これまでの都市とは成り立ちが根本から違うのである。

私はレジスタンスの拠点であるこの小さなビルの屋上から王都を、高台の宮殿を、そしてその遥か後方に連なる崖の際を見て、そのようなことを考えていた。

「ウォズ」

階下から新たな魔王が上がってきた。

「大丈夫なの？　こんなところで景色なんか見てて。オーマジオウの配下とかに見つかったら大変だよ」

「大丈夫だ。ここは表向きには印刷工場ということになっている。印刷会社とレジスタンス、なかなか連想が結びつかないだろう」

レジスタンスが小さな印刷会社を営んでいる体裁を取っていたのには訳がある。

ここで受注するものはそのほとんどが商店の広告か、この時代にわずかに存在した情報誌など商用の印刷物であった。そしてたまに請け負うのが王府からの発注。宮殿から人民に通達される布令であった。大衆より先に情報を得るには印刷会社の皮を被ることは、それなりに都合がよかったのである。

「それで、決まったかい？」

「うん。決行は明日日曜日の午前9時だって」

「日曜日の朝か。験《げん》を担ぐには良い選択じゃないか」

ゲイツ君たちは、私たちを外したうえで作戦の遂行が物理的に可能であるかを検証していた。

その作戦とは私が提案したものである。

ベースは昨夜、新たな魔王が提示した正面突破だ。

ただそうなると私一人の突破は可能であるが、新たな魔王や、ゲイツ君、ツクヨミ君の同行は保証できない。

宮殿内にはいくつもの堅固なセキュリティを持つオートロックが設けてあり、指紋認証や網膜スキャンなどの難関を突破しなければ内部へとは潜入できない。私はすでに武器商人として指紋や網膜のデータが登録されており宮殿内に入り込むことは可能だが、それも限られた区域だけ。

もう一人の私が匿われているのは『二の丸殿《にのまるどの》』と呼ばれる執務が行われている宮殿の中枢である。二の丸殿やオーマジオウのいる玉座の間がある本御殿などが位置する、宮殿の核の区域には限られた者が持つ〝キー〟が必要となる。

そんなもの、今の私のもとにはないし、空間をすり抜けるような能力など備えていない。こういう時こそ、『世界の壁を超える』力を有する仮面ライダーディケイド・門矢士を召喚できればなんとかできてしまいそうだが、私にそんな術はない。

もっと原始的な手を取るしかないのだ。

そこで私はレジスタンスの面々に宮殿のセキュリティシステムの遠隔操作が可能か、判断を委ねた。

そのうえでどのような作戦が成り立つかを考察するとした。

「て言うかさ、なんで突然俺たちのことバラしたのさ？　ゲイツたちに知られちゃまずいんじゃなかったの？」

「すまない。方針の急転換さ」

私たちの本来の目的〝もう一人のウォズ〟にたどり着くには宮殿内を攪乱してくれる存在がいたほうがいい。つまり、宮殿の警備の視線を引きつけてくれる者が。

独房でゲイツ君が私に言った言葉。

『お前の作り話に揺さぶられると思うか……⁉』

私の策に乗り宮殿内にさえ忍び込めれば、確実にゲイツ君は揺さぶられることなく、オーマジオウの玉座へ一直線に向かうだろう。

私はその動きを利用し、もう一人の私――すなわち旧ウォズのもとへ向かえばいい。

「囮《おとり》に使うってこと⁉　さすがに酷《ひど》くない？」

「大丈夫。彼らは死なない」

でなければ、2018年にたどり着き、我が魔王の刺客となることなどあり得ない。

「ゲイツたちはさ、なんで俺たち抜きで話し合う必要があったんだろ？」

「考えうる理由は二つある。一つは、私たちの話を信じ、本当に手を組むのか、レジスタンスの仲間だけで確認したかったのだろう」

もちろん、私の提案は私がまず単独で乗り込むことが前提である。宮殿内で私が単身何らかの仕掛けを行う。それが遠隔操作を可能にするきっかけとなりえるのだ。

しかし裏を返して言えばこうなる。

〝私を利用すれば、宮殿への潜入は可能だが、それは私を信じることが大前提である〟

私はゲイツ君たちに決断を迫ったと同義なのだ。

それは想像以上に困難であろう。彼らはもう一人の私に裏切られたばかりなのだから。

「で、もう一つは？」

「我々に知られてはいけないことを議論している」

「どんな議論さ？」

「君を殺すべきか否か」

「それか……」

この常磐ソウゴはそのことを予見していたようである。

ゲイツ君たちからすれば、私の話を信じるということは、この常磐ソウゴが過去のオーマジオウであることを認めることになる。つまり、直接オーマジオウを倒さなくとも、今ここにいる常磐ソウゴを消せば歴史は変わり、オーマジオウは消える。

「やっぱ、俺、殺されるのかな？」

「どうだろうね。作戦を決行すると決めたということは、君を処分することは先送りした、とも取れる。ただ、決行日を明日にしたというのは、君を狙う機会が半日以上確保されたということでもあるか……」

「俺、今日寝るのやめとこ……」

「ははは。寝不足は受験生には慣れっこだろうが、戦闘前夜の徹夜は勧めないよ」

自分の状況にげんなりした新たな魔王は階下へ戻っていった。

私は彼の背中を見送り、一つの可能性を感じていた。

もし、私たちの知る2018年〝起源の日〟が、今私たちがいる2068年の延長線上にあるとしたら？

今、我々と同じビルに潜伏するゲイツ君は仮面ライダーゲイツとなるジクウドライバーもゲイツライドウォッチも所持していない。手に入れるとしたら、おそらくオーマジオウの宮殿、それも最も困難な玉座の間に潜入しなければならないだろう。

ただ、この時代のゲイツ君が、一人で、もしくはツクヨミ君とともに宮殿に潜入することなどできるだろうか？

私の見解では不可能である。

確かにゲイツ君は仮面ライダーの力がなくとも戦士として優秀だ。

しかし、それはあくまでも人間同士や機械兵との戦いにおいての話である。仮面ライダーの力なしに宮殿はおろか、玉座の間への潜入、そしてウォッチの奪取などできるはずはない。

あの2018年〝起源の日〟のゲイツ君は、今の私、そしてこの新たな魔王の協力があって、仮面ライダーゲイツの力を手に入れた？　そして、ツクヨミ君とともに２０１８年へと赴いたのではないか？

そう考えると辻褄《つじつま》が合う。

しかし、同時に矛盾も生まれることに気づく。

あの２０１８年のゲイツ君の殺意は何故だ？

彼は刺客として『ジオウを倒す』と公言していたはずである。

ならばこの２０６８年で遭遇した、この新たな魔王を処分すれば済むことではないか？

目の前に標的がいるというのに、わざわざ過去にまで行って仕留めようとする〝実行の先送り〟をする理由とは？

私は一つの仮説を立てた。

『私と新たな魔王の行動次第で、常磐ソウゴの処分を決定する』

『そして宮殿に潜入した後、何らかのきっかけでゲイツ君が常磐ソウゴ処分の決定を断行する』

『おそらくはそこでゲイツ君の常磐ソウゴ抹殺は未遂に終わる』

『さらにその前後で仮面ライダーゲイツの力と二つのライドウォッチを手に入れる』

『結果、仮面ライダーの力を手にゲイツ君は２０１８年に飛び、常磐ソウゴの処分を決行する……』

なんとも奇怪な話になってきた。

この仮説が成り立つと、ゲイツ君を仮面ライダーにした原因は、私と常磐ソウゴということになってしまう。

私たちがこの2068年にやってきたのは、新たに上書きされた歴史で起きた異変の謎を突き止め、私を消そうとした首謀者を追ってきたからであった。そこに『ゲイツ君を仮面ライダーゲイツにしなければならない』というタスクまで加わる。さらに言うと『そのゲイツ君から新たな魔王を守る』という任務まで加わるかもしれない。

——いやはや……。

あれこれ考えている間に太陽は遠方に見える崖の縁に潜ろうとしていた。我々がこの2068年に来て、2回目の夜が始まろうとしている。

「ウォズ！　食事だって」

新たな魔王が再びこの屋上に現れ、私に呼びかける。

先刻からローズマリーとクミンと牛脂の芳しい香りがしていた。煮込み料理が賄《まかな》われるのだろう。ビーフシチューか何かか。

「毒が入っていないか、十分気をつけよう」

「怖いこと言わないでよッ」

私たちは屋上をあとにした。

作戦の詳細は決行当日朝7時より説明された。

「まずは黒ウォズに城の内部へ潜入してもらうわ。その中で、宮殿のメインシステムにつながるコンピューターに〝コレ〟を挿し込んで」

作戦内容を話すツクヨミ君は長さ2センチにも満たない小さなスティックを取り出す。

「何これ？」

新たな魔王が興味を向ける。

「君の時代のもので例えると……、そうだな。ＵＳＢメモリと似た類いのものだ」

とはいってても２０１８年時点でのスマートフォンよりも遥かに容量も機能も進んだものではあるが、ここは50年先の未来だ。いちいち説明しているとくどくなるのでここは割愛させてもらった。

我々の年代ギャップトークなど気にせずツクヨミ君は続けた。

「スティックには私とゲイツ、それとアナタ……」

新たな魔王を見る。まだ〝常磐ソウゴ〟呼びは慣れていないようだ。

「この３人の指紋と網膜のデータが入ってる。相手のセキュリティシステムに私たちのデータを潜り込ませて、堂々と入れるようにするの。このスティックをメインシステムにつながるコンピューターに挿し込むことができたら、あとは10秒もあれば自動的にインストールされるはず」

「10秒か。ならば不可能じゃあるまい」

「問題はここから。黒ウォズが言ったように、宮殿の中心部まで到達するには指紋認証や網膜スキャンを突破するだけじゃダメ。彼らのキーコードを盗み出して、私たちがキーそのものを偽造する必要がある……」

カードキーを私たちに見せた。

盗取。偽造。詐称。このようなことはレジスタンス時代ならば日常茶飯事であったが、昨今ではそのような行為から離れたせいもあり、思わず苦笑が出る。

そんな私に対し、ここまで監視官のように沈黙していたゲイツ君の視線が厳しく向けられる。

「キーコードを宮殿のメインシステムから盗み出すには、このスティックを挿したまま遠隔操作をしなきゃいけない。ダウンロードの時間も計算すると最低でも7分は必要ね」

「7分か。それはなかなか難儀なオーダーだ」

10秒であればセキュリティルームに忍び込み、衛兵たちの目を欺くこともできよう。しかし、7分もの間、衛兵たちの目を欺き、スティックをコンピューターに挿し込み続けるなど可能なのだろうか。ある程度の武力行使も視野に入れておかねばいけない。

「俺のいた2018年から50年も未来なのに、ずいぶんアナログに頼ってるんだね」

いや、その逆だ新たな魔王。

テクノロジーが行き着く果ては結局テクノロジーによって『果て』が変わることである。担保されていたはずの〝絶対性〟は常に新たなテクノロジーによって乗り越えられていく。人類は未来に進めば進むほど効果的にアナログに頼らざるをえない。

「ふうん。とにかく、こうなるとＳＦっていうより、スパイ映画みたいだ」

確かに。これはすでに仮面ライダーの世界観ではないかもしれない。

「黒ウォズの潜入が9時。10分以内にスティックの挿入を完了させる。そこから7分で私たちはキーコードを盗み出す。宮殿の裏側にあたる南門を突破するのが9時20分」

「いや、てゆーかさ、普通に通してもらえるものなの？　ゲイツもツクヨミも、懸賞金が懸けられているみたいじゃない」

新たな魔王は昨日外郭門で見た件《くだん》の顔写真のことを取り上げた。

「私とゲイツ、そしてアナタは清掃業者に扮《ふん》する。毎週日曜日9時30分、必ず同じ業者が宮殿の内郭の掃除に入る。その10分前に一度南門に入るの」

「なるほど。だから9時スタートか」

腑に落ちはしたが、潜入モノのお約束であるせっかくのコスプレネタが新たな魔王とツクヨミ君とゲイツ君による『清掃業者のユニフォーム姿』である。これではファンサービスでもなんでもない。

「その清掃業者は今どこ？　鉢合わせしたらやばくない？」

「ここでアナタたちと1泊してもらったけど？」

盗取。偽造。詐称だけじゃない。

拉致。監禁。それらも付け加えておこう。

「9時30分に南門を突破できなかったら作戦は中止。この30分が勝負」

ツクヨミ君が話し終わるとゲイツ君が立ち上がった。

「作戦スタートまで1時間と少し。ただちに持ち場につけ。ぬかるなよ……！」

一同が一斉にコンクリートの壁に囲まれた会議室を出ていく。

ここから私と新たな魔王は別行動となる。

「くれぐれも気をつけるんだ」

「わかってる。殺されないように注意しとくよ」

行こうとする新たな魔王を止め、さらに声をかけた。

「新たな魔王、これだけ耳に入れておいてほしい……」

私は彼に素早く耳打ちをした。

彼は小さく頷き、ゲイツ君とツクヨミ君の後を追った。

あの晩夏の予備校帰りの3人の関係が、ほんの数日で相反するものとなっている。

私はアジトを出て、顔を覆うようにマフラーを巻きつける。

すでに南東の空に昇った太陽は夜のうちに冷え切った地面から冷気を奪い、早くも表面を温めつつある。

それはまるで、これから訪れるであろう灼熱の白昼を予見しているようであった。

＊＊＊

日本という国において。

石垣の技術は中世の後期に確立されたらしい。

それまで、中世に見られる城の防御の多くは『土塁《どるい》』や『空堀《からぼり》』であり、『石』よりも『土』が構造の主体であった。

もちろんそれまでにも石による基礎を持つ築城術は存在したが、戦乱の世では戦と戦の間隔が短く、速やかなる防備の建設、再構築が不可欠だった。

その際に土という素材は、作業効率の良さも形状の自由さという物理的性質も都合がよかったのだろう。

石を主体にした築城の技術が開花するのは安土《あづち》・桃山《ももやま》という中世も後期になるまで待つことになる。全国に広がるのはそれからもうしばし時が経過してからのことである。

さらに石垣の技術は近世で熟成され、江戸《えど》時代の終わりから明治《めいじ》期に隆盛を迎える。

２０１８年の現代でも首都圏を走る鉄道の線路のそば、土砂崩れなどから路線を守るための斜面の舗装には明治期に作られた石垣がそのまま使われているところもある。それもかなりの区間で１００年という年月を超えた土木遺産が姿を変えることなく現代の都市機能を支えている。

地形。都市の構造。そして石垣。

それらの成り立ちを読み解くとその都市における権勢の流れを理解できる。

このオーマジオウの宮殿もしかり。

正門に連なる道は緩やかな上り勾配になっており、切り出された巨大な石によって構成された荘厳な壁が続く。それは権威の象徴でもあり、建築美の追求でもあろう。

しかし私はその本質に違う何かを感じ取った。

この威圧的な形を真正面に据えているのは城の外部への、いや、侵略者への威嚇ではなかろうか。オーマジオウはいかなる時も『侵攻』が自らに向けられていることを自覚していた。少なくとも今の私にはそう窺えた。

その〝侵略者の襲来〟を想定した緩やかな坂を上り、私は宮殿の正門へと近づく。

分厚い金属の正門は難攻不落の宮殿の顔と言っていい。

衛兵が私の前に立ち塞がっている。

数いる衛兵の中から一人、私のもとに近寄ってきた。衛兵長である。

「何者だ？　平民が王宮に立ち入ることは許さん」

私は自分の中で眠っていた〝スイッチ〟を入れた。

マフラーを捲《まく》り上《あ》げ、顔を見せ、仰々しく喉の奥から発声する。

「ウォズである。所用より戻った。通してもらおう」

衛兵長は咄嗟に片膝をついた。

「ウォズ殿……！　これは失礼致しました！」

私は門の脇にある小さな扉へ向かう。そこには細い通路があり、入り口に黒いボードが設置してある。

「認証をお願いします」

私は右手を黒いボードに掲げ、さらに網膜のスキャンを行う。

高周波の電子音が鳴り、小扉の施錠が解除される。

「どうぞ、お通りください」

私は正門を抜けた。

まず最初の関門はクリアした。

次なるタスクはセキュリティシステムへのアクセスを可能にすることである。それにはどこかコンピューターのある部屋へ入らねばならないが……。

私も宮殿内を自由に歩けるわけではない。私の後ろを衛兵がついて回り、私の動向を監視する。さらに通路のいたるところにカメラが設置され、常に異変を感知できるよう〝来客〟を見張っていた。

カツン。

私の足元にスティックが落ちた。

「……？　なんです？　それは？」

私についていた衛兵がそれに気づいた。

「……何やらデバイスに差し込むスティックのようだが……」

「アナタの衣服から落ちたように見えましたが？」

「……私の？　知らないな」

「アナタが落としたのではない、と仰《おっしゃ》るので？」

衛兵が追及してくる。こういうところでは将校よりも兵士のほうが御しにくい。私はやれやれといった表情で質問を躱す。

「……そうだ。だいたいそのようなスティックなど、そう珍しいものじゃないだろう」

「確かに。では調べさせて頂いても構いませんね？」

「……もちろんだ」

怪しかっただろうか。毅然としたつもりが私の返答には多少の微笑が伴ってしまった。

「アナタにも来て頂きます」

衛兵は私を宮殿内に点在する制御室の一つへと連行した。

その制御室はあくまでも正門近くの区域を担当しているいわば分室である。中央のコントロールセンターは中枢の区域にあり、そこに比べると規模は小さい。

室内には二人の作業員と一人の警備兵がおり、この区域の管制塔の役割を果たしているモニタの数々を見張っていた。

「どうしました？」

「通路でこのようなものを拾得しました」

衛兵は先ほど拾った黒いスティックを見せる。

「何かウィルスデータでも入っていたら厄介です。こちらで確認しましょう」

警備兵が衛兵からスティックを受け取った瞬間。私のマフラーが一気に広がる。

そして室内の監視カメラの向きを変え、一瞬にして衛兵と警備兵、そして作業員の計4人をのした。

マフラーは倒れた警備兵の手からスティックを取り上げ、私の手元に戻した。

「ここまでの案内、感謝する」

私はスティックをコンピューターの差し込み口に挿入した。

まずは10秒。

これは難なく完了した。

そしてそれからさらに7分ほどと言っていたか。

この部屋をこのまま放置していれば、異変が管制塔に伝わるまで2分もかからないだろう。私はすぐさま倒れた衛兵と警備兵たちを監視カメラの死角に追いやる。

そして警備兵の上着を拝借し、しれっと席に着く。そしてマフラーでカメラの方向を戻した。異常ナシ、である。

スティックを挿入してから1分が経つ。

ここから6分。この6分間は歴史の管理者であり、時間をコントロールする身の私でもとてつもなく長い物となった。

所詮は360秒程度である。

現代的に言えば、即席麺2杯分。半熟ゆで卵の茹で時間。ボクシングの2ラウンド分。山手線《やまのてせん》で東京駅から浜松町《はままつちょう》駅。

その程度の短い時間に、これまで数多の時空を行き来した私が翻弄されるとは。

私にとって未だかつて経験したことのない永遠に等しい6分間の幕は、やがてスティックの発したデータの送信完了をもってして降ろされた。

私はすぐさまスティックを抜き取り、新たな魔王とゲイツ君が侵入する予定である宮殿の南側へと向かった。

宮殿の作りは、玉座の間のある本御殿や、二の丸殿、三の丸殿、中央のコントロールセンターなどの位置する中枢区域を中心として、３層の回廊が取り囲んでいる。一部、通路が連絡していない箇所もあるが、宮殿の外側は東西南北、行き来は可能である。

しかしながら、巡回する衛兵たち、無数に配置された監視カメラや、所々に設けてあるセキュリティチェック付きの扉が邪魔をし、私の行動速度は抑えざるを得なかった。

これらの要因もあって、私が南側のエリアにたどり着いた時はすでに9時25分を回っていた。

ゲイツ君たちが侵入を果たすのが9時20分。すでに5分が経過している。

——侵入に失敗したのか？　それとも私の到着を待てずに玉座の間へ向かってしまったのか……？

そんな焦燥が私を襲う。その時。

「ウォズ殿……」

私に話しかける人工的な声。機械兵・カッシーンだ。

この個体に関して言えばオーマジオウの配下であるが、もともとの出所は曰く付きである。

「探したぞ。私とともに来てもらおうか」

「どこへ？」

「来ればわかる」

カッシーンは宮殿の中枢区域の方向へと歩み出した。

奴はおそらく2068年に存在し、この宮殿内に匿われているもう一人の私、すなわち今の私が追い求めている『旧ウォズ』と勘違いしているのだろう。それならば、一番最初の案――新たな魔王が提案したとおり、私がもう一人の私に成り済ますしかない。

この場は私もおとなしく奴についていく。

3層の回廊を跨ぐ通路を抜けると、宮殿内でひときわ強靱《きょうじん》な防備で固められたエリアに近づく。中世より以前、西アジアの王家の建築物に見られるような装飾が施されたゲートにハイテクノロジーの機能が備わったこの扉が玉座の間への防衛ラインである。

新たな魔王やゲイツ君がここを突破できたのか、それともまだなのか。それを推し量ることは今の状況では不可能であり、一度中に入れば後戻りは容易くない。

しかしこの好機を逃すわけにもいかない。

私はこのカッシーンにいざなわれるまま、宮殿内でも最難関のセキュリティを突破した。

重々しいゲートが開く。

視界は開け、そこには複数の御殿がそびえ、天高く昇った太陽の光を受け、その偉容を示している。それこそ、古代にはじまり中世近世、数多の王族が築き上げた王宮の秀逸な要素をふんだんにちりばめ、一つの建築美として成り立つ。19の仮面ライダーの力を統べるオーマジオウの思想が具現化された宮殿であった。

「こっちだ……」

ゲートを通り抜けた私は玉座の間がある本御殿ではなく、二の丸殿に案内された。

確かに以前の私はここに匿われていた。

しかし、私が通されたのはかつて匿われていた部屋ではなく、もう一つ上の階層の部屋。おそらくは外部からの客人を迎えるために用意された貴賓室だった。

「……？　何故ここに？」

「しばし待たれよ。貴公に会いたがっている者がいる」

そう言ってカッシーンは立ち去った。

さすがと言うべきか、オーマジオウの宮殿に備えられた貴賓室である。一つの部屋とは思えないほどの広さに加え、部屋の壁の装飾もすべて純白の大理石が手彫りによって象られたもので、それこそ強大な権力と膨大な時間と金をもって創られた空間であることが一目でわかる。

高い天井のすぐそばまで伸びる大きな窓から注ぎ込む自然光は、そこがまるで最低最悪と称された魔王の居城であることなど忘却させるほど神々しく、私もこの光景に見惚《みほ》れ、しばらくの間、何故ここまでやってきたのかを失念していた。

「待っていたよ」

その甘美なる時間を打ち砕くように、この純白の空間をある声が貫いた。

聞き覚えのある声。そしてそれは生涯好きになれない声でもある。

レコーダーなどで録音した自分の声を好きになれない、というのは多くの人にある現象のようだ。

しかしこの場合、様々に考えうる理屈は関係ない。

この声の主には近親憎悪を超えた嫌悪感を抱いてしまうのだ。

その湧き出る負の感情を抑えるように私は目を閉じる。そして。

「やはり君か……白ウォズ……！」

私は目を開き、忌み嫌う対象を視覚に認めた。

と、思った。

しかし私の目の前に現れたのは、白ウォズではなく、私と同じ身なりをしたもう一人の私。『旧ウォズ』である。

「……何故……私が……？」

当惑。混乱。狼狽。困惑。焦慮。

それらを掛け合わせても表現の足りない感覚に襲われた。

この２０６８年にいるウォズは、２０１８年〝起源の日〟、普通の高校生・常磐ソウゴにジクウドライバーを献上し、魔王への第一歩へいざなった私、その直前の姿であるはずだ。

　この旧ウォズは私が一度通り過ぎた経過の中の存在でなければおかしい。

　たった今、目の前で起きている怪奇な現象を前に、驚愕に包まれるべきは、私の対面にいる旧ウォズであって、この私ではない。

「驚きのようだね？　わかるよ。何故２０６８年に、これより先の歴史を歩んだ君を、この私が知っているのか。君には想像がつくまい」

　正直言って私は侮っていた。

　新たな魔王が、アナザーウォズの身体に刻まれた『２０６８』の文字を見た時から、首謀者の可能性は私の中で９割がた目星がついていた。

　このようなことを仕掛け、私に関連している人物。

　そんなものは白ウォズをおいて他にはいない。

　しかし。今出された解答は全く想定していないものであった。目眩のように疑念が私の脳裏を急襲し、暴走した感情は言葉を制御することを不能にした。

「……君は一体何者なんだ？」

「見てのとおり。ウォズだ」

　そんなことは知っている。

「そんなことは知っている、という顔だな」

「……私の考えがわかっているならば、敢えて触れなくてもいい。質問に答える気がないならば素直にそう言いたまえ」

私の中に焦燥からくる苛立《いらだ》ちが生まれつつあることは認めねばなるまい。

「私が何者か？　……そうだな。『第三のウォズ』とでも呼べばいい。決して愉快ではないが、事実は事実だ。三番手という立ち位置を受け入れようじゃないか」

三番手。奴の言うこの意味を解明しようとするには、今の状況はあまりに私の冷静さを奪っていた。

「まあ今、ここで考えても君が真相にたどり着くには時間が足りないだろう。そこでだ。ゆっくりとこの謎解きを楽しむ時間を与えようと思うが、どうかな？」

「どういう意味だ？」

「君には舞台から退場してもらう……！」

そう言い放った瞬間、旧ウォズ改め、第三のウォズのマフラーが私に向かい伸びる。

私は奴の急襲を後方に跳んで躱した。

「さすがだ。この私が君を捉えるとなると相当骨が折れそうだ」

「ならば君の力を出せばいいじゃないか……」

「生憎《あいにく》、今の私にまだ力は備わっていない」

その言葉の真意をこの時の私は全く咀嚼できていなかった。

そんな私のペースなど構わず第三のウォズは展開を止めない。

「なので、ゲストをここに招いた」

大仰に手を掲げる。貴賓室の扉が開き、そこにゲイツ君とツクヨミ君が現れた。

「ウォズ⁉」

「待って、本当にウォズが……二人……！」

「ゲイツ君……！　ツクヨミ君……！」

二人と一緒のはずの新たな魔王がいない⁉　そのことに気づいた瞬間だった。

「役者は揃ったね」

第三のウォズが動いた。

奴はアナザーゲイツウォッチとアナザーツクヨミウォッチを手にしたのだ。

「それは……⁉」

私の反応が一瞬遅れた。

第三のウォズは瞬時にゲイツ、ツクヨミ、両者の背後に回る。

そのまま第三のウォズはゲイツ君にアナザーツクヨミウォッチを、ツクヨミ君にアナザーゲイツウォッチを投入する。

「ぐああああああッ！」

「うあああああっ！」

天井の高いこの部屋に二人の悲鳴と、二人の体内でスパークするアナザーウォッチの稼働音が鳴り響いた。

かくして、私たちがここととは異なる時空で戦ったアナザーゲイツとアナザーツクヨミはこの世界に出現した。

起動前の機械のように、静かにうつむいた二体のアナザーライダーがゆっくりと顔を上げる。複眼が自然光に反射し、この世界を認識した。

第三のウォズは、この瞬間を待っていたかのように右腕を我がほうへ向ける。それはさながらタクトを振り楽団を操る指揮者のようであった。

「やれ」

アナザーゲイツとアナザーツクヨミが私に襲いかかる。

その圧力に私はたまらず後退した。

「変身！」

『ギンギンギラギラギャラクシー！　宇宙の彼方のファンタジー！　ウォズ ギンガファイナリー！　ファイナリー！』

瞬時に仮面ライダーウォズ ギンガファイナリーとなり、アナザーゲイツ、アナザーツクヨミの追撃を受け止める。このまま二人をはね除《の》け、一気にカタをつけにいくしか手はない。そのためのギンガファイナリーのはずだった。

一瞬、ウォッチの稼働音が鳴る。

そこには第三のウォズがブランクウォッチを手に私の背後を取っていた。

「もらうぞ……！　君の力を……！」

奴はブランクウォッチを私に突きつけた。

力を奪われる。言葉にするとそれまでだが。この瞬間の触覚、知覚、嗅覚、味蕾《みらい》、聴覚、海馬、扁桃体、ありとあらゆる神経の走る部位は、微細な振動を続け、細胞と細胞を隔てる細胞膜を消失していく、そう私に体感させた。

そして次の意識は虚脱感に向かう。私の身体は床に伏し、手足はそこから微動だにしない。

かすかに機能する視覚を駆使して確かめると、倒れた私の前にはメタリックなホワイトのボディにシアンとライトグリーンを纏い、幅広の漆黒のラインが闇を表しているような怪人が立っていた。

アナザーウォズである。

「祝え！　過去と未来をつなぎ、時空を蘇生する歴史の伝道者。その名もアナザーウォズ……！　今こそ変革の開幕である！」

奴の声が高らかに響き渡った。

「最初から……これが狙いだったのか……⁉」

「力を失っても記憶は残るのか。やはり他のライダーとは違うようだ……」

アナザーウォズは、2019年でも持っていた〝ノート〟を取り出した。

『第三のウォズが2019年から現れたウォズの力を手に入れアナザーウォズとなった』

書かれた文章が私の失いつつある意識に刻まれる。

「やはり……君がすべての……黒幕……⁉」

「黒幕？　やめてほしいな。私は君と同じだ。歴史の管理者であり、傍観者でもある。時代を作る側ではない」

「どういう……ことだ……⁉」

「本当の支配者はちゃんといる……」

アナザーウォズのその言葉を最後に私の意識はそこで途切れた。

第V章

ファースト・コンタクト2068

さて。

ここからしばらくの間、語《かた》り部《べ》を交代する。

仮に〝神の声〟とでも呼んで頂こう。


時間は『黒ウォズ』の宮殿突入からすこし遡る。

常磐ソウゴは先に単身宮殿に乗り込むウォズと別れ、ゲイツとツクヨミと行動をともにしていた。

3人はレジスタンスが用意したワンボックス型の車に乗り込み、オーマジオウの宮殿南側より数百メートル離れた場所で待機している。あたかも〝業務開始を待つ清掃業者〟のなりをして。

「8時55分。あと5分で黒ウォズは突入を開始する」

時間を告げるツクヨミの横、車の運転席に座るゲイツは寡黙に窓の外の様子を見ていた。

「……ゲイツ。まだ黒ウォズの話、疑ってるの？」

「そうじゃない。しかし、何と言うか……」

ゲイツは言葉を濁す。昨晩から自分たちに起きているこの珍妙な状況を頭では理解できても、感情が追いついておらず、それを言い表す術を持っていなかった。

「狐《きつね》につままれた感じ？」

割って入ったのは後部座席に座る常磐ソウゴである。

「まあ、二人にしてみたらホント、白昼夢みたいな話かもしれないけどさ。でも俺たちが過去から来たのは本当だし。心配ないよ」

「心配ない？」

「うん。ほら、二人の知ってるウォズと同じ姿形をしてるから黒ウォズのこと、信用しづらいんじゃない？　もしもっと違う……たとえば七三分けにしたお堅い公務員みたいな雰囲気のウォズの話だったら案外さらっと信じられるかもよ」

「ごめん。アナタの時代の公務員がどうだったかわからないけど、この時代の公務員って王府の人間、つまりオーマジオウの配下ってことになるの。どっちにしたって私たちにとっては敵だから」

「あ、フォローしたつもりがフォローになってなかったか」

「そういうこと」

「とにかくさ、黒ウォズはああ見えて案外……いや、ちょっとは？　良い人だからさ。まあ下衆なところもあるみたいだけど……はは」

仲間を犠牲にしても己の任務を果たす。前日の昼間に聞いた黒ウォズの過去の行動を思い出した常磐ソウゴだったが、今、車に同乗する二人には聞かせないほうが賢明と判断し、言葉を閉じた。

　そんな常磐ソウゴをツクヨミは車の助手席からミラー越しに見た。

　その視線に常磐ソウゴが気づく。

「何？」

「……アナタって……、普段からそんなに馴《な》れ馴《な》れしいの？」

「え？　俺、馴れ馴れしいかな？」

「だいぶ」

「それはきっとアレだよ。俺がもともといたところに……二人にそっくりな友達がいたからさ。つい」

　正しくは『違う時空に存在した同一人物』である。目の前の二人が色々あって２０１８年に自分の同級生となっていたことを彼は把握していた。

　だからこの時、常磐ソウゴは自分のいた２０１８年のことを話すことが目の前にいる級友と同じ姿、同じ声を持つ二人の未来に影響を与えかねない、それどころか時空そのものを揺さぶりかねないと直感した。〝二人にそっくりな〟などと回りくどい表現をするしかなかったのである。

　しかしながら、常磐ソウゴの体感した時間で考えると、彼はほんの数十時間ほど前まで、受験勉強に明け暮れる普通の高校生だったわけである。自分の乗る車に消滅したはずの級友たちと瓜二《うりふた》つの存在が同乗していれば、遊びに行く時や学校生活の一部であると錯覚してしまっても致し方ないと言えよう。

その時、時計のアラームが鳴った。９時。

「時間だ。まず黒ウォズが潜入する。奴が計画どおりに動くとすれば、だが」

「ふふ。そういう好戦的なところも、俺の友達にそっくりだ」

茶々を入れてくる後部座席の時間旅行者に、レジスタンスきっての猛者《もさ》はミラー越しから殺意を向ける。

「おい、オーマジオウ」

「……オーマジオウって……俺のこと？」

「これは遠足でも社会科見学でも何でもない。黙って集中していろ。死にたくなければな」

その警告はこれから実行される作戦の危険度を言っているのではない。

常磐ソウゴは前日の黒ウォズとの会話を思い出した。

『君を殺すべきか否か』

ゲイツにしてみれば、２０１８年から来たこの青年を処分すれば、すべての問題は解消されるのである。世界は魔王の圧政から救われ、人々は希望を取り戻せる。

いや、実はここで常磐ソウゴが消えれば歴史そのものが変わるので、荒廃した大地もそこに根付いた人々も王都も、荘厳さを具現化した宮殿もすべて消えることとなる。ゲイツ自身の存在も生まれてこない可能性だってありうる。

しかし、そのような可能性を掘り下げる余裕をこの時のゲイツは持ち合わせていない。それほどこの時代のゲイツは窮していた。

しばしの沈黙が緊張感を車中に充満させる。

時計は9時10分を回っていた。

黒ウォズが第一のタスク『宮殿正門のセキュリティの突破』を完遂していれば第二のタスクに差し掛かる頃である。

『スティックの稼働によるデータの追加』

それはほどなくして彼らのもとに知らされる。

ツクヨミの手元にある受信機の電子音。それは黒ウォズがスティックを挿入して10秒経過したこと、つまり彼らの偽造データが宮殿内のセキュリティシステムにインストールされたことを意味する。

「行くぞ」

ゲイツは小さな電子音を合図に車のエンジンを掛けた。

その横でツクヨミは手持ちのデバイスで黒ウォズの仕掛けたスティックを遠隔操作し始めた。

「え？　何？　もう行くの？」

ゲイツとツクヨミの反応があまりにあっさりしていたため、常磐ソウゴは事態が展開したことに気づかなかった。

「今、黒ウォズが偽造データを向こうのシステムに忍び込ませた。とりあえず南門の通過は可能になったわ」

ソウゴたちの乗る車の後方にもう1台、同じワンボックス型の車がついてくる。レジスタンスのメンバーの乗る車である。

「なんかもっと、こう、ないの？　やったあ！　とかさ……」

「ここまでは想定してたからね」

実のところ、レジスタンスもこれまで幾度となく宮殿に潜入する計画を立てていた。

実際、実行部隊として旧ウォズを宮殿内に潜り込ませることには成功していたのである。第一関門を突破するだけならばいつでも可能であった。

レジスタンスにとって問題はそのあとである。

ゲイツたちの目的はあくまでもオーマジオウが座する玉座の間だ。これまでも語られてきたように、その玉座の間がある宮殿の中枢区域に到達するには3層の回廊の先の堅固なゲートを突破しなければいけない。

武力行使でゲートを物理的に突破するのは効率が悪すぎるし、たとえ幸運にも突破できたところで相当数の犠牲は測るに易い。であるとすれば、真の標的オーマジオウのもとにたどり着いた残存戦力で挑んだとしても勝ち目はないと踏んでいた。

だからこそ、ゲートのキーコードを入手し、少数精鋭で挑む道しか選択肢はなかった。

ただ、その計画も極めて大きな危険が伴う。

「よし。あとはキーコードのデータを受信するだけ……！」

デバイスを操作し終えたツクヨミが大きく息を吐く。

キーコードの奪取からデータ転送完了までの想定時間は7分。

この時間、潜入者が宮殿内の厳重な警備の目に晒《さら》される。

その警備の目を掻い潜り、任務を遂行する実力者はレジスタンスには皆無であった。

と、ゲイツたちは思っていた。

しかし、砂漠で2018年からこの地へ現れた黒ウォズと常磐ソウゴと立ち回った際、ゲイツとツクヨミはこのウォズの本来の実力を知ることになったのだ。

この黒ウォズを利用することで、不可能であった宮殿潜入計画は道が開ける。2018年から来たオーマジオウの若い時分の青年を始末するのは、そのあと、計画が失敗に終わった時。

それが前日、黒ウォズと常磐ソウゴの不在時にレジスタンス内で話し合われたことであった。

車は宮殿の正面とは逆の南側に迫っていた。

南門と呼ばれる裏門は宮殿の建てられた地形の中でも最も高低差のある位置に設けられており、その周囲の深い溝を堀として活用している。

戦争において、高い位置を確保したほうが戦いを優位に進められる。

なので築城の際、防御する側が極力高い位置を取れるよう櫓《やぐら》や曲輪《くるわ》などを設置するのが定石といえる。

この南門は侵略する側にしてみれば低地に軍勢を配置せねばならず、開戦前の時点で不利を覚悟しなければならない。逆に守る側にしてみれば、防備にそこまで力を入れずとも自らの有利を取れるわけだ。

ゲイツたちレジスタンスが南側を付け入る根拠は、正門に比べて明白に抑えられたその南側の兵力にあった。

とはいってもここはオーマジオウの宮殿である。レジスタンスの数よりは確実に多い兵たちが、南門へと近づく清掃業者の車を監視している。

南門がゲイツたちの視界に捉えられたのと時を同じくして、先ほど鳴った受信機が再び電子音を発信する。

「やった！」

この時ばかりはツクヨミが声を上げた。

そしてゲイツも握りしめた拳で車のハンドルを小突いた。

ツクヨミが受信機に差し込まれていたカードを取り出す。それは2018年で言うところの、ビジネスホテルのカードキーのようなものと例えればよいだろうか。キーコードを読み込ませたそのカードを宮殿内のゲートに据え付けられている端末にかざせば、ゲートは開くはずだ。

車はゆっくりと堀を跨いで南門の入り口へとつながる橋を渡っていく。

警備兵は門の前で2台の車を止め、すべての乗組員を下ろす。

そしてそれぞれが指紋認証と網膜スキャンを受けていく。

認証完了。

偽造された彼らのデータはウォズの手により見事システムの内部に潜り込んでいた。

「ではこちらへ」

豪壮な正門と比べて幾分コンパクトに収められた門が開く。小さくまとめられた分、装甲は何層にも金属が重ねられ、並の砲撃ではこじ開けることのできないこの門を、常磐ソウゴたちは清掃業者として突破していった。

門扉の先は突き当たりとなっていた。

この南門は枡形門《ますがたもん》の造りとなっており、門をくぐると正方形の広めのスペースが広がっている。右側にさらにもう一つ門扉があるのだが、その正方形の空間は壁と櫓に囲われ、上方から警備兵たちによる監視の目を一身に受けていた。

もし、ゲイツたちが侵攻軍であれば、南門を突破したところで、この突き当たりに出くわし、進軍速度を削《そ》がれる。その間に、四方を囲む櫓から集中攻撃を受けるという仕組みだ。

防備の薄いといわれる南門でもこれである。オーマジオウの居城への武力行使がいかに困難であるかが読み取れよう。

車は90度右折し、更なる門扉を突破した。

車を規定の駐車スペースに止めたゲイツたちは、車を下り、清掃作業用の大小様々な器具を運びつつ、待機室へと向かう。

宮殿内には外部からの様々な業者が来訪する。その者たちが一堂に集められるのがこの待機室であった。

「9時22分。ウォズと落ち合うまであと3分。急がないと」

ツクヨミとゲイツと常磐ソウゴが清掃業者のユニフォームを脱ぐと、中は宮殿内の衛兵の制服姿であった。用意していた軍帽を被り、大きめの清掃器具からは内部に隠れていたレジスタンスの仲間が清掃業者の姿で出てくる。これで入場した人数は合う。

「作業終了までに俺たちが戻らなくても、予定どおり宮殿から出ろ」

「私たちは心配ないから。気をつけて」

仲間から作戦の遂行を託され、ゲイツとツクヨミ、そして常磐ソウゴはウォズの待つゲートへと向かった。

生成り色の柔らかな光が天井から差し込む。

長く延々と続く回廊をゲイツ、ツクヨミ、常磐ソウゴの3人は早足で歩いた。

「ねえ、ここ、さっきも通らなかった？」

常磐ソウゴは前を歩くツクヨミに小声で指摘した。

「ううん。大丈夫。ここは造りが全部似てるから、そう錯覚してしまうだけ」

3層になった回廊は初めてこの宮殿を歩く者にとって、迷路を思わせる造りになっている。壁も、天井も、装飾も、色合いや形が似て、何処を通っても先ほど来た通路と同じ通路に来たような混乱を起こさせる。

これもひとえに侵入者の行く手を少しでも阻むための設計であり、一見幾何学を駆使した建築美とも取れそうな宮殿のアクセスルートは、すべては軍備の延長の産物であった。言うなればこの権勢を誇るオーマジオウの居城は細部まで突き詰められた要塞である。

ゲイツはその中を迷うことなく進んでいく。

幾度となく繰り返した潜入のシミュレーションの賜物《たまもの》である。

「その角の通路を抜ければすぐだ」

その時だった。

「ちょうどよかった……！」

　3人の背後から声がかけられた。

「なんとか間に合ったようだ……」

　息を弾ませてウォズがたどり着いた。

「黒ウォズ……！」

「無事でなによりだ、我が魔王」

「なんとかね」

「……まさか本当に貴様が、作戦を遂行するとはな……」

　ウォズの〝裏切り〟を忘れないゲイツはここまで疑心を持ち続けていたことを告げた。

「フフ、私は君たちの知るウォズではないからね。それでツクヨミ君、送ったキーコードは？」

「ちゃんと受信できてるはず」

　ツクヨミがカードキーを出す。

「お前がヘマさえしてなければな」

「大丈夫だ。まだ私の侵入した制御室の異常は気づかれていない。急ごう」

　それまで3人だった侵入者は4人となり、回廊の最後の通路を抜ける。

　そしてたどり着いた先。

目の前には宮殿内で一際強靭な防備で固められたエリアが広がる。

4人の前方には中世より以前、西アジアの王家の建築物に見られるような装飾が施されたゲートにハイテクノロジーの機能が備わった扉が鎮座していた。

「これか……」

この扉をシミュレーションでしか確認したことのなかったゲイツが呟く。

まさに最大の悲願の標的にあと少しで手が届くのである。

ここまでほぼ言葉を発することのなかったゲイツも、思わず感情を漏らしてしまったのはある種自然なことだろう。

「ツクヨミ君」

ウォズが促す。

ツクヨミが前に出てセンサーに掌をかざす。認証開始。

電子音が〝異常なし〟の反応を示す。

そしてもう一つのセンサーに網膜を赦す。

またも電子音は〝異常なし〟を告げた。

ツクヨミの手にはカードキーが握りしめられた。

ゲイツ、ツクヨミにとってこのカードキーは文字どおり、復讐《ふくしゅう》と目標を果たすための鍵であり、常磐ソウゴとウォズにとってはミステリーの解明につながる鍵である。

そのままツクヨミはカードを壁に備え付けられた端末にかざす。

今度は長い高周波の電子音が発せられる。

認証。

オーマジオウへの扉はゆっくりと開かれた。

感慨に満ちた感情を露にすることなく、ゲイツとツクヨミは前進した。

「行こう」

ウォズが二人のあとを追い、残る一人をいざなった。

「うん……！」

常磐ソウゴもゲートをくぐる。

かくして侵入者の４人は、目的地である宮殿の中枢区域へと向かい歩き始めた。

そしてしばらくして、玉座の間へ向かう通路と、その他の施設へ向かう道の分岐点に差し掛かる。

「ゲイツ君とツクヨミ君はこのまま玉座の間に向かうのだろう？」

「ああ」

「二人は？」

「私たちの目的はあくまでも、もう一人の私だ。彼は二の丸殿にいる」

「じゃあここで別れるのね」

「ゲイツも、ツクヨミも気をつけて」

「そっちも」

「できたら君たちの襲撃を囮に使わせてもらいたいものだが。君たちが玉座の間で暴れてくれればそれで宮殿内の意識はそっちに向かう」

「そんなことできるわけないでしょ」

「お前たちも、こっちの足を引っ張るなよ」

「わかってる」

ウォズと常盤ソウゴはそこでゲイツとツクヨミと別れた。

「…………」

「どうしたんだい？」

「ううん……」

常盤ソウゴは名残惜しそうに二人の背を見て、二の丸殿に向かい歩き出した。

＊＊＊

「なんか……静かだな……」

常盤ソウゴとウォズは目的地である二の丸殿に向かっていた。

宮殿の中枢区域は通行する者も、巡回する衛兵も極端に少ない。もはやここまで来ると無防備にすら見える。

「かのオーマジオウも、あの厳重な防衛ラインを越えてくる侵入者はいないと高を括っているのだろう」

「そうかな……」

18歳の青年が、自分の50年後であろうオーマジオウの心理に触れかけた。その時。

「しまった……」

ウォズが不意に立ち止まった。

「どうしたの？」

「カッシーンの存在を忘れていた」

「カッシーン？」

「オーマジオウの配下だ。先ほども私に接触してきた。私はなんとかやり過ごしたが……」

今まで躱してきた衛兵たちのような生身の人間の目で、変装した侵入者の顔と賞金首の顔写真とを瞬時に一致させるのは不可能だろう。しかし機械兵であるカッシーンは違う。ゲイツ、ツクヨミ両人の顔をすぐさまレジスタンスの生き残りであると認識するはずだ。

「あの先は、カッシーンの控えるエリアだ。そこを回避するよう警告してくる。君はここで待っていてくれ」

「うん、わかった……！」

そのままウォズは来た道を戻っていった。

一方、ゲイツとツクヨミは玉座の間へと進んでいた。

南門の警備や回廊を巡回する衛兵の数に比べ、この中枢区域の人けのなさに二人は不気味さすら覚えていた。しかし、余裕とも取れるこのエリアの配備には違う意味も含まれているのでは？　そんな疑念もゲイツとツクヨミの脳裏に浮かんだ。

すると後方から足音が聞こえる。

咄嗟に警戒態勢を取るゲイツとツクヨミだが、それは先ほど別れたばかりのウォズが追ってきただけだった。

「ゲイツ君、ツクヨミ君、その方向から玉座の間に近づくのは危ない。このすぐ先はカッシーンの警護するエリアだ」

仮面ライダーの力をもってすれば、カッシーンを退けることも不可能ではなかろうが、今ここにいる2068年のゲイツもツクヨミも、その力は手に入れていない。

「迂回《うかい》したほうがいい。私が案内する」

「ありがとうウォズ……」

「……せめてもの罪滅ぼしだ……」

「フン……お前らしくもない……」

「私らしい？　言ったはずだが？　私は君たちの知るウォズではない、とね……」

直後だった。

ウォズの首から鋭く伸びたマフラーがゲイツとツクヨミの喉元を襲った。

凍《い》てつくほど冷淡な斬撃音があたりを囲んだ大理石の壁に響く。

「ウォズ……⁉」

「貴様……⁉」

ひり出された声もむなしく、ゲイツとツクヨミはその場に崩れ落ちた。

「君たちに言ったところで何も理解はできないだろうが、これで歴史は大きく変わった」

そう言い放ったウォズの表情が強張《こわば》る。

「何……⁉」

ゲイツとツクヨミが今一度立ち上がる。

大理石の壁に響いた斬撃音が収縮する。

そしてゲイツとツクヨミの喉元を襲ったマフラーはウォズの首へと収まる。

「────ッ」

ウォズは目の前で起こっていることを咀嚼しきれていない。

「え……⁉」

「今のは……⁉」

　襲われた二人には、この自らに起きた超常現象を理解させるなど到底不可能であろう。

「時間が……逆行した……⁉　これは……⁉」

　ウォズが振り向く。

　その視線の先にいたのは仮面ライダージオウⅡだった。

「君か……我が魔王……」

　つい先ほどまで圧勝の表情に満ちていたこの〝今までとは異なる歴史の管理者〟はギリリと歯ぎしりをした。

「それだよ」

「何？」

「俺と一緒に2018年からここまで来たウォズは俺のことを一度も『我が魔王』なんて呼ばない。あのウォズにとっては俺は『新たな魔王』らしいからね。でも今ここにいるウォズはさっき、俺に『我が魔王』って言ったんだ」

　確かに、ウォズが常磐ソウゴたちと合流した時、『無事でなによりだ、我が魔王』と言っていた。彼はそれを聞き逃さなかった。

「別れる前にウォズに言われたからね」

　それはレジスタンスの本拠を出る時の二人の会話。

――「くれぐれも気をつけるんだ」

――「わかってる。殺されないように注意しとくよ」

――「新たな魔王、これだけ耳に入れておいてほしい……」

――「何を？」

――「宮殿の中で会うウォズがこの私とは限らない。私は首謀者が、もう一人の私だと睨んでいる。その時は君一人で戦うんだ。もう一人の私にウォッチがなければ、君が負けることはない……」

あの時、そんなやりとりがなされていた。

「……なるほどね。さすがもう一人の私だ。なかなか鋭い」

「お前、誰なんだよ？」

「ここにいる誰もが初めてお目にかかるはずだ。第三のウォズ、とだけ名乗っておこう」

「第三のウォズ……？」

その言葉の真意を確かめる間もなく、その状況を打破するかのように横槍《よこやり》が入る。

カッシーンによる急襲である。

「遅いじゃないか。ゲストは招き入れたかい？」

「貴賓室で待たせている。それよりウォズ、そのレジスタンスのネズミの処分が済んでいないようだが？」

「私にとって彼らはあくまでもついでだ。どうということはない」

「ならば私が行く！」

「どうぞ、お好きに」

第三のウォズはその場を立ち去る。

と、同時にカッシーンはゲイツとツクヨミに突撃した。

それをジオウⅡが阻む。

「ソウゴ……！」

「オーマジオウ……！」

「こいつは俺が食い止める！　ゲイツとツクヨミは今の第三のウォズを追ってくれ！」

「俺に指図する気か⁉」

「今主導権の話してる場合じゃないでしょ！」

ツクヨミがゲイツの手を引き第三のウォズを追った。

ジオウⅡはそのままカッシーンに攻撃を仕掛ける。

オーマジオウの忠実なる臣下はジオウⅡの渾身の拳を正面から受け止める。その圧力にカッシーンは後ずさった。

すぐさま状態を整えたカッシーンは三つ又の鉾《ほこ》を構える……と、思いきや、自らの足元にその武器を置く。戦意なしの表現である。

「どうか拳をお納めくださいませ」

「え……ッ!?」

敵の突然の戦闘中止の意思表示により、ジオウⅡの次の動作への移行は抑えられた。

そしてこの機械兵はその場に平伏した。

「いや、ちょっと、あの……」

「ご尊顔を拝し恐悦至極に存じ奉《たてまつ》ります。ワタクシは、カッシーンと申し上げ奉ります」

機械兵は封建社会の作法までもプログラミングされているのか、美しい様式美を披露するかのように平伏したまま両手を床につき、深々と頭《こうべ》を垂れた。その姿は王族の配下というよりも時代劇の侍のようであり、ジオウⅡの戦意を完全に削いだ。

「我らの仇敵《きゅうてき》、レジスタンスのネズミどもがおりましたため、ご挨拶申し上げるのが遅くなったこと、お許し願い上げ奉ります。このあと、貴方様を我が主のもとへとお連れ奉りたく……」

「いや、なんかそんなタテマツらなくていいからさ。頭上げてもらえる？　て言うか立ってくれない？」

「はっ。御命令とあらば……」

馬鹿丁寧な機械兵に調子を狂わされたのか、ジオウⅡはやれやれと言わんばかりに変身を解除して常磐ソウゴに戻った。

「あとその喋《しゃべ》り方《かた》だと話しづらいからさ、もっと普通に話してよ」

「はっ」

カッシーンは忠実に従い続ける。

「それで、どこに連れてくって？」

「我が主、オーマジオウ様のもとでございます……」

「オーマジオウ……⁉」

彼はその意味を瞬時に理解した。それはつまり、50年後の自分との対面である。

そこで常磐ソウゴはふと気づく。

「……て、ことは、オーマジオウは俺がここに来てるのを知ってるの？」

「でなければ、ワタクシを貴方様の元へ遣《つか》わせたりはしないと存じますが……」

「……なんで……？　俺はウォズとアナザーウォズを追った流れで２０６８年のこの宮殿に来ただけなのに……？　なんでオーマジオウがそのことを知ってるんだ？」

「それは、御自分の若い時の経験をご存知だからでしょう。つまり、貴方様が今、ここにおわすことを覚えてらっしゃるのでは？」

オーマジオウは今からさらに50年の年齢を重ねた常磐ソウゴである。若かりし日の自分の行動を記憶していても何もおかしくはない。

しかし、この機械兵の話はロジックとしておかしい。

オーマジオウはゲイツも、ツクヨミも、関与しなかった未来に成立する王である。ところが、その二人が２０１８年の常磐ソウゴに関与してしまった結果、オーマジオウは未来に存在しなくなり、新たに塗り替えられた歴史——すなわちこの旅路の〝始まりの日〟が作られたのである。今ここにいる若き常磐ソウゴとオーマジオウは別の時空、異なる時間軸の存在であり、同じ記憶を共有するはずがない。

「う〜〜〜ん……」

正史の常磐ソウゴであれば疑問すら抱かなかったであろうが、この常磐ソウゴはこの理論の矛盾を感じていた。

「そのあたりはワタクシにもわかりかねますゆえ、どうぞお二人でお語りあそばしてくださいませ……」

礼儀を備えた機械兵は、玉座の間へと向かう。

常磐ソウゴはその後をついていくだけであった。

広大な宮殿の敷地の中でも、玉座の間がある本御殿は一際大きく、そして平穏な時間が流れていた。

中庭には静かな流れが循環する泉と、その周囲で戯れる水鳥たち。

仰々しさと対外的な威圧感を含んだ宮殿の外層や、幾何学が織り成す合理性と科学の延長にあった建築美からなる回廊、簡潔な豪壮さで見る者を圧倒する中枢区域。それらと一線を画す淡泊な何かがこの本御殿の内部にはあった。

やがてカッシーンと常磐ソウゴは背の高い金属の扉の前にたどり着いた。

分厚い扉を支える巨大な蝶番《ちょうつがい》が動き、金属の摩擦音が響く。

扉は開かれた。

「どうぞ」

カッシーンはそこで立ち止まり、常磐ソウゴを奥に広がる部屋へといざなった。

その扉を抜け、薄暗い部屋の中へと進む。

「よく来た。若き日の私よ……」

声は静かに、荘厳に、常磐ソウゴの耳に届く。

彼の視線の先にはハッキリとした光が見受けられる。

その光源がなんなのかわからない。自然光は漏れていないし、かと言って天井に灯がともされているわけでもない。

ただ、何故か浮かび上がる黄金の光は王の座る玉座と、そこにいる初老の男の逆光となり、シルエットを際立たせていた。

「アンタが俺なんだ？」

会話は常磐ソウゴの質問で始まった。

「ある意味では、そのとおりである、と答えよう」

「じゃあ違う意味では？」

「私はお前の中にある陰だ」

「陰？」

「自分では気づいていないか？　お前の内側にれっきとした闇があることを……」

「……」

常磐ソウゴは無意識に掌を胸に当てた。

「俺の内側の……闇……」

「以前の常磐ソウゴはそれを王になるという意志で隠し続けた。お前はスウォルツの刷り込んだトラウマがない分、一見平均的な若者の表皮に覆われている。しかし、本質は何も変わっていない」

「……言ってる意味がいまいちわからないんだけど」

「では、こう言えばわかるか？　お前にも隠している本当のお前がいるだろう？」

「……なんのこと？」

「以前、両親のないお前に対し、言葉限りの夢を押し付ける大人たちを無責任だと思わなかったか？　そう、お前の少年期だ……」

「……俺の……少年期……」

「思春期。大人たちに対し根拠なき反抗を見せる同世代の者たちを内心で嘲笑っていた。

お前はその裏をかき、大人たちが感心するよう敢えて『政治家になる』などと騙《かた》りはじめた。そのお前の回答に驚く大人たちを、さらにお前は愚かしいと思った」

常磐ソウゴは何も言えない。

「そして今のお前は、自ら作り出した自分の虚像とのギャップに違和感を覚えているのだろう」

常磐ソウゴの沈黙が、男の言葉の正当性を裏付ける。

「ここまで来ればわかっているはずだ。お前はお前の表層が、綺麗事《きれいごと》で構成されているのだと。以前の常磐ソウゴとなんら違わない。あやつは私で、私はあやつだった。そして、お前は私であり、私はお前だ……」

「……なんで俺にそんなことを……？」

「王となれ……」

「は？」

「常磐ソウゴの本質はどの時空でもなんら変わらない。見ただろう〝この時代〟をお前が統べるこの世界を……。そしてこの力を……」

玉座の後方、壮麗な額にはオーマジオウが自らのものとした仮面ライダーの力の象徴──ウォッチが飾られていた。

「……？」

初めて目にするウォッチの数々の意匠と、王都にたどり着く前に目撃していた自分の像が統べる仮面ライダー像とが直結したのだろうか。常磐ソウゴはこの時、しばしウォッチに目を奪われていた。

「お前の闇に眠る野心を、表に出せ。私はそれを促すため、お前をここに招いたのだ……」

未来の自分が本当にこの世を支配している。

そんなフィクションのような夢物語が目の前に広がっている。

あの予備校帰りの晩夏の夜から始まった、これまでどこか他人事と思っていた旅路がこの自分と実際に結びついたのである。

それを解した時、常磐ソウゴは微笑した。

「常磐ソウゴの本質はどの時空でもなんら変わらない、か……。確かにそうかもね……」

目の前にいる初老の自分を向いた。

その顔にはシワが認められ皮膚には往年の戦いを窺い知る傷跡が所々に見受けられた。

それでも表皮の奥、すべての基盤となる骨格は自分のそれと同じであった。

「アンタが本当に俺ならさ、オジサンのこともちゃんと覚えてるでしょ？　常磐順一郎のこと」

「……もちろんだ」

「この2068年に来る前、オジサンに2回、同じことを言われたんだ。1回は俺のいた2018年のオジサンに。もう1回は、ウォズに連れていかれた2019年にいたオジサンにさ。『叶うか叶わないかで夢の価値が決まるんじゃない』ってね」

初老の常磐ソウゴは若い自分の言葉を黙って聞き届けようとしていた。

「時空が違っても、歴史が変わって違う経験や記憶を持っても、人間の本質って変わらないんだと思う。アンタの言うようにさ」

「そうか……」

「でも俺は王様にはならないよ」

この常磐ソウゴは、常磐ソウゴであることを拒んだ。

「少なくとも今は、王様になりたいなんて思わない。そのうち、もしかしたら、そう思う時も来るかもしれないけど、それをわかるのは今じゃなくていいかな」

「何故だ？」

「自分が一体何者で、どこから来て、どんなことがあったから、今の自分なのか？　そのことに向き合ってれば、そのうち未来は向こうからやってくる。そんな確率が高いと思う」

齢《よわい》を重ねた自分に敢えて大叔父の言葉をそのまま告げたのだった。

初老の男は嚙みしめるように、一つ二つ、小さく頷いた。

この若き自分の出す答えを予見していたようだった。

「ならば、致し方ないな……」

見据えた先、空間に小さな歪みが生まれる。小さな光の粒子が生じる。その光はタイムマジーンで突入した亜空間のそれに似ていた。

「え……!?　これって……!?」

若き常盤ソウゴが、自分の旅路の中で見たものとの一致を認識した瞬間。

目の前に〝あの〟アナザーウォズが現れた。身体は大きく傷つき、体軀の上下の揺れはダメージを堪《こら》えるための呼吸を全身で行っていることの表れだった。

「アナザーウォズ……！」

「やあ、また会ったね。若き我が魔王……！」

アナザーウォズが変身を解除するとウォズが――正確な説明を添えつけると、『第三の』ウォズが現れた。

「ウォズ……!?　アナザーウォズって……第三のウォズだったの!?」

常盤ソウゴは自分を『新たな魔王』ではなく、『我が魔王』と称したことでこのウォズが何者なのか、瞬時に理解した。

「ウォズ、ご苦労だった。若き日の私は、王となることを拒んだ」

「であれば、あとは話していたとおり……」

「ああ……」

初老の常磐ソウゴは掌を前にかざす。

周囲が停止状態となり、時間が止まるような錯覚を常磐ソウゴは覚えた。

〝時間が止まるような錯覚〟と表したのは、実際には常磐ソウゴの意識は時間の経過を追えていたからである。

「これが欲しかったんだ。よくぞわざわざここまで運んでくれたね、若き我が魔王……」

第三のウォズは身動きの取れない常磐ソウゴの懐に手を伸ばした。

そして握りしめたのは──ディケイドライドウォッチ……。

「時は満ちた。我が魔王……」

「そのようだな。戻ろう、ウォズ……」

初老の常磐ソウゴと第三のウォズはともに玉座の間をあとにしようとする。

「戻るって……どこに……」

「決まっている。君のもとにだよ。だから、今の君とはここでお別れだ」

第三のウォズが〝ノート〟に何かを記した。

『2018年より訪れた若き常磐ソウゴが幽閉された』

すると。

「え……なんだ……!?」

若い常磐ソウゴはそのまま消滅していく。

その様子を初老の常磐ソウゴはただただ見つめるだけだった。それはけして、傲慢さも、狡猾《こうかつ》さも、邪悪さもない眼差しだった。むしろ、悲哀や憐《あわ》れみが内包されたような、または、切なさや無念さを秘めたようなものだった。

若い常磐ソウゴの姿が消えると、第三のウォズは奪ったディケイドウォッチをその場に残ったもう一人の常磐ソウゴへ託した。

「向かおうか。我が魔王……」

「時は蘇る……。私の手で……」

かくして二人は２０６８年を発った。

＊　＊　＊

たとえば人が生まれ故郷へ向かう時。

もしくは、一度過ごした土地。かつての学び舎。所属した組織。

自らの過去と関係する対象と再会する際。

『戻る』という言葉を使うのが一般的であろう。

これはこの物語のストーリーテラー、ウォズの語り口調である。何かを含ませたような言葉の調子が彼らしいといえば彼らしい。

２０１８年９月某日。

オーマジオウと第三のウォズは再びあの時間に赴いた。

あの時間とは？

常磐ソウゴがジオウライドウォッチを受け取り〝仮面ライダージオウ〟の道を歩み始めた〝起源の日〟のことである。


この状況を、先述したような『戻る』と表現することは不正確である。

その根拠はあとに判明することを期待して、今はオーマジオウと第三のウォズが、何故この地に赴いたのか。

答えは２０１８年９月、あの光ヶ森高校。

一人の高校生が自転車に乗り校門を出て下校する場面から始まる。

彼は自転車を押しながら、下町の風情を残した少し急な階段を歩いていく。普段と変わらない様子は、これが彼の日常なのだろう。

彼はランニング中の柔道着姿の青年に声をかけられた。

「おう、常磐」

おそらく同級生であろう。

「聞いたぜ進路指導の話。お前本ッ当に王様になる、なんて言ったんだって？」

「うん」

「『俺、王様になる～』なんて今時子供でも言わねえぞ」

「真面目に考えて王様しかないと思ってるんだけど……」

柔道着姿の同級生は、彼を突然摑む。

「何⁉」

「目ぇ覚ましてやる」

次の瞬間、彼は同級生によって投げられていた。

「いっつつつつってってっ……」

「ほら？」

「でも今の技、エクセレント！　王室のＳＰは君に頼んだ！」

楽観的なのか、ただのアホなのか。同級生は呆《あき》れた顔で去っていく。

起きあがった彼はいつの間にか自分の自転車のサドルに妙な時計のような機械が置いてあることに気づく。

「なんだこれ……？」

誰かの落とし物か何かだと思った彼は、その妙な機械を地面に置いてその場を立ち去った。

彼は自宅である時計屋『クジゴジ堂』に帰宅する。

店主であり、同居人である彼の大叔父、常磐順一郎が接客中であった。

彼は奥のダイニングルームに向かう。壁の柱の時計は午後2時25分を示している。

「オジサン、ただいま」

「あ、お帰りソウゴ君」

「今のお客さん？」

「うん。昔使ってたラジオ直してほしいって。まあウチね、時計屋なんだけどね……」

「相変わらず大変だね」

彼の大叔父は隙を見つけたかのように大きめの封筒を手にした。『２０１９年度大学受験特別講習案内』ＫＴＲＫ ゼミナールという予備校のパンフレットだった。

「ソウゴ君、受験……どうするんだっけ？」

「え？　やらないよ？　王様になるって言ってるでしょ？」

「だよね～、王様だよね～。やっぱりソウゴ君は、発想が違うなあ……」

彼のあまりにも無垢な返事に、大叔父は観念したかのようにパンフレットを屑籠《くずかご》へと捨てた。

彼は着替えたのち、再び自転車で街に出た。

級友との約束があったのか。それとも晩夏の昼下がりを一人で過ごそうとしたのか。それは今や知る由もない。しかし、彼はまた普段と同じように坂を上る。

その坂の中腹。マフラーを頭部に巻きつけ、この時季にはふさわしくないコートを着た男が、分厚い本を開いていた。

その男を避けようと、彼は押している自転車のタイヤを寄せながらすれ違おうとした時、男は彼の前に立ち、彼の進む坂道を塞いだ。まるで彼の未来を暗示しているかのように。

そして男は顔を見せる。

第三のウォズである。

本来であれば、黒ウォズがジオウライドウォッチを託すため、まだ自分の運命も未来も何も知らない常磐ソウゴに逢いに来る。それがいわゆる〝正史〟であり、〝起源の日〟のあるべき姿である。

しかし、この第三のウォズは、このあと大きな大河となるその源泉そのものに影響を与え、流れ自体を変えてしまうことを企んでいたのだった。

「おめでとう」

「は？」

「この本によれば、今日は君にとって特別な一日となる。もはや、赤いロボットも黒いロボットも君の前には現れない」

勝利を確信した微笑み。そう取って構わないだろう。

実際に第三のウォズはこの時点でタスクを果たしたのだ。

「それって……」

彼が返す。

「？」

「ゲイツもツクヨミも、ここには現れないってこと？」

流れを読んでいたかのように、いや、むしろすべてを悟ったかのように常磐ソウゴは第三のウォズに問うた。


さて。

ここに来てこの語り部の語りに対し、疑問がいくつか連なっていることだろう。

第三のウォズとは？　出たり、入ったり、消えたり、現れたり、この神出鬼没さの理由は？　何故オーマジオウが、二つの時空を知りえるのか？

そして。

この語り部――すなわち私は一体誰なのか？　賢明な皆さんならばもうおわかりだろ

う。

答えは、次章で。

第Ⅵ章

バック・イン・ザ・2018

暗闇。

横たわり、目を閉じながらも私は、その場に光がないことを感じていた。

いや、それは確信といってもいい。

何故ならそこはかつての私にとって、最も慣れ親しんだ空間であるからだ——


第三のウォズと名乗ったもう一人の私がこの私の力を奪おうとしたその瞬間、それでも私は奴の動作を抑止しようと試みた。しかしその努力もむなしく、私の仮面ライダーの力は奪われた。と、同時に奴はアナザーウォズとなり、私を見下ろした。

「やはり……君がすべての……黒幕……⁉」

「黒幕？　やめてほしいな。私は君と同じだ。歴史の管理者であり、傍観者でもある。時代を作る側ではない」

「どういう……ことだ……⁉」

「本当の支配者はちゃんといる……」

そこで記憶は途絶えている。

それから次の記憶は、ひんやりとしながらもどこか他人事ではない床の感触である。

私はまた気を失っていたようだ。

「やあ、気がついたようだね」

聞き覚えのある声。そしてそれは生涯好きになれない声でもある。

「また君か……」

白ウォズである。

「〝また〟とは聞き捨てならないが……まあいい、とりあえず君の帰還を歓迎しよう」

「その話は結構。タイムマジーンが破壊されたあとの夢ですでに見ている」

「これは夢などではないさ。現に、前の章で私は語りを読み手に届けていた、つまり正解は私ということだ」

「語り？　読み手？　正解？　何を言っている？」

「まあ、こっちの話だ、流していい」

意味がわからないので本当に流すことにした。

「それにしても何という体たらくだ。警告したはずだろう？　『これ以上自分が歴史を作る当事者であるなどと思い上がれば破滅を招くだけだ』とね」

痛いところを最も指摘されたくない人物。それが白ウォズである。

「しかも黒ウォズ、君は今回の首謀者をこの私だと思っていただろう？」

「そんなことは……」

「ある。むしろ奴が第三のウォズと判明するまで確信していたはずだ」

被せるように発せられた白ウォズの言葉に私は何も言えなかった。反論する余地のないくらい、私の予測はブレなかったし、それは見事に外れたのだ。

「まあそれも仕方のないことか。とにかく、そろそろ魔王が君のもとへ現れる頃だ。この謎を解くヒントを携えてね」

白ウォズはパチンと指を鳴らした。

途端、白ウォズは消え、あたりは変わり、そこは鉄柵に囲まれた牢《ろう》の中だった。夢から醒めた、ということなのだろうか？

「ここは……」

おそらく、オーマジオウの宮殿の地下牢だろう。タイムマジーンの時のように気を失っていたのか……？　今一度記憶をたどろうとすると。

「ウォズ！」

暗闇の中から2018年から私とともに来た若者が、再会の顔を見せる。

「新たな魔王……」

「よかった。その呼び方をするってことは、黒ウォズだ」

その言い回しで大方の察しはついた。

「……第三のウォズ、とやらに会ったんだね？」

「さすが。話が早くて助かるよ」

私たちが顔を合わせるのはレジスタンスの隠れ処で別れて以来である。

私は彼のここまでの経緯を聞いた。

曰く、宮殿の南門を突破した新たな魔王と、ゲイツ君、ツクヨミ君はゲートの直前で第三のウォズと会った。

そして彼の手引きで宮殿の中枢区域内を進み、ゲイツ君とツクヨミ君と別れた。

その後、第三のウォズが二人を処分しようとしたところ、新たな魔王が割って入り、事なきを得た。

「それで一旦、第三のウォズは俺たちの前から消えて、ゲイツとツクヨミが追っていったんだけど……」

「なるほど……」

そのあとに私のいた貴賓室に第三のウォズとゲイツ君とツクヨミ君が合流する、ということだろう。

私は二人が、その第三のウォズによってアナザーライダーにさせられ、私は私で力を奪われ、彼をアナザーウォズにさせてしまったことを話した。

「ねえ……これってなんか変じゃない？　俺たちはアナザーウォズを追って、2019年から来た。なのに、第三のウォズは黒ウォズから力を奪ってアナザーライダーになった……ってことだよね？　う～ん、つまり……」

「私たちは一杯食わされたようだ……」

これで一つハッキリした。私の意識が途絶える直前、第三のウォズが見せた〝ノート〟の内容。

『第三のウォズが2019年から現れたウォズの力を手に入れアナザーウォズとなった』

私たちはあの〝ノート〟の力に導かれてここまで来たのだ。

けして自分たちが自分たちの意志で2068年までたどり着いたわけではない。

「第三のウォズの目的は最初から、私のライダーの力を奪うことだったようだ」

「……じゃあディケイドウォッチを狙ってたのは一体どうして？」

「ディケイドウォッチ？」

「うん。俺の話は続きがあるんだよ。ウォズが途中で話し始めちゃったから、脱線しちゃったけどさ」

いや、脱線と言われるほど外れてはいないぞ、新たな魔王。

「俺、あのあと玉座の間で、俺に会ったんだ。年を取った俺に」

オーマジオウのことであろう。

そこで彼は、もう一人の自分に『王』になるよう促されたという。

そして、その誘いを断った新たな魔王の前に再び第三のウォズが戻ってくる。

「ダメージを受けてた。てっきり黒ウォズとか、ゲイツと戦ったあとなのかと思ったけど」

「私たちは交戦する余裕がなかったからね……」

「とにかく、その後、第三のウォズにディケイドウォッチを奪われて、この牢屋に飛ばされちゃったってわけなんだ」

この新たな魔王は自分の受けた危機を他人事のように話すところがある。

そんなことを思いながらも、様々な要素が点在するこの状況の整理がつかなかった。

――オーマジオウは何故この新たな魔王が２０１８年〝起源の日〟から来た自分ではないとわかっていたのか？

――それが第三のウォズの入れ知恵だとしたら、何故奴は新たな魔王が『王になる夢を持っていない』ことを知っていたのか？

――新たな魔王からディケイドライドウォッチを奪ったアナザーウォズのダメージは一体どこから？

疑念と謎が噛み合わず解明の糸口が全く見えなかった。

「ていうかさ、なんでディケイドウォッチなんか持ってったのかな？　玉座にはウォッチが揃ってたのに」

それはおそらく私たちと同じじゃなかろうか。

「『世界の壁を超える能力』、オーロラカーテンを使うためだろう。あのウォッチは19のライドウォッチの中でも極めて特殊だ」

実際スウォルツ氏の狙いもディケイドの力であった。

そう回顧すると、新たな魔王は何かを思い出すように首をひねった。

「どうしたんだい？」

「……あのさ、黒ウォズ。前に正史のもう一人の俺は、19のライダーの力を手にしたとか、統合されていた19のライダーの世界を分離させたとかって、言ってたじゃん？　今も19のライドウォッチって」

何を言いたいのか、この時の私にはわからなかった。

「それ、18の間違いじゃないの？」

「私が間違えるわけなかろう」

「だってさ、思い出してよ。俺の石像のこと」

王都に向かう前、我々は〝常磐ソウゴ初変身の像〟の前を通った。

「俺の石像の周りにさ、他の仮面ライダーの像があったでしょ？　俺、あの時、数えたんだよね」

私は海馬に無造作に詰め込んだ記憶を引っ張り出した。

――「これ……俺の石像……⁉」

――「18……？」

確かにそう彼は呟いていた。あれはてっきり常磐ソウゴ像がモティーフとして選ばれた時点の年齢のことと思っていたが、違ったようである。

「それに、オーマジオウの玉座のそばにもウォッチがあった。やっぱり18個だったんだ」

彼の言っていることに誤りがないとすれば不可解ではある。

だが当然といえば当然ともいえよう。玉座の間にディケイドライドウォッチが存在すれば、わざわざ新たな魔王からディケイドライドウォッチを奪ったりなどしない。

ならば、何故……？

「なんか……答えが出そうな、確率が高い……」

今までの疑念が点となり、その点と点が結びつき一本の線と成す。

新たな魔王の中でその様子がしっかりと描画できた瞬間だった。

「そうか……そういうことだ……」

私を見る彼の眼差しには確信の強さが備わった。

「この2068年は……、黒ウォズが知ってる正史の、ううん、もっと言えば本当の2068年じゃないんだ……！」

彼の言葉は私の予測には一切当てはまらない。当てはまるどころか、予想の範囲を大きく超えるものだった。

「どういうことだい？」

さすがの私も表情が強張る。

「レジスタンスによるオーマジオウ討伐計画も、その失敗も、ゲイツ君やツクヨミ君の記憶も、宮殿の構造から細部に至るまで、私の知っているものだ……」

「本当に？　黒ウォズ、俺に話したじゃん。レジスタンスのオーマジオウ討伐作戦をゲイツが利用したって。その時、俺聞いたよね……」

再び海馬を稼働させる。

――「レジスタンスはどうなったのさ？」

――「ゲイツ君とツクヨミ君の他は……、全滅……」

私は全滅と答えていた。

「だったら、昨日今日と俺たちが一緒にいたのは誰？　幽霊？　それともウォズが嘘をついたの？」

「私が嘘をつくメリットなど……」

「俺はてっきり、討伐はこの潜入作戦のことも含めての話だと思ってた。でも今、俺たちのいる2068年が、そっくり全部違うものだとするなら、いろんなことの辻褄が合い始めると思うんだ……！」

パチパチパチ、と拍手の音が聞こえる。

「素晴らしいじゃないか、魔王。正史の魔王に比べ理解力が抜群に高い」

白ウォズの登場である。

「え、また違うウォズ!?　もしかして……」

「そのとおり」

「第四のウォズ！」

「違う！」

　この沸点の低さが奴と私の大きな違いだろう。

「ごめん、てっきり第三のウォズのあとだから第四のウォズかと思って」

「それをいうならば彼は第二のウォズだ。正史の君は白ウォズと呼んでいた」

「白ウォズ……」

「まさか夢だけでなく現実にも現れるとは、ずいぶんと出しゃばりだな」

「牢獄に閉じ込められた状態で言ってもむなしいだけだぞ。それに先ほどだって夢ではないと言っただろう」

　あれは戯言《たわごと》ではなかったのか。

「まあ大小の問題は気にしないでもいいだろう。それで魔王。君はどこまで読み解けたんだい？」

「うん……。この２０６８年が偶然、元の２０６８年と似てるのか？　それともわざわざ似せて作られてるのか？　それはわからないけど……」

　新たな魔王の見解はこうである。

この2068年にはディケイドライドウォッチがない。それを踏まえて考えると、石像が18体しかないのは、この2068年が仮面ライダーディケイドの存在しない世界であることを示しているのだという。

それは2019年〝決戦の日〟、私と新魔王がクジゴジ堂からディケイドライドウォッチを持ち出したことによって、歴史の流れに多少の変化が起きてしまったためであろう。

ただ、そのことが第三のウォズたちの狙いではない。

「第三のウォズともう一人の俺はディケイドウォッチこそが本当の狙いだと言ってた。つまり、俺たちに2019年のクジゴジ堂から盗ませて、この2068年まで運ばせるのが、あの二人の狙いだったんだ……！」

さらに偏差値が高く、物理の得意なこの全国模試2位の青年は続けた。

「え？　て、ことは……もしかして……！　俺からディケイドウォッチを奪ったアナザーウォズって、俺たちが2019年で戦って退かせたアナザーウォズってこと⁉　だからあんなにダメージ受けてたの⁉」

「エクセレント。そのとおりだ、魔王……」

答え合わせをする教師のように白ウォズが言う。

そして奴は教壇に立つように解説を始めた。

「ここからは少々複雑ゆえ、私が説明しよう。なに、理屈を説明するだけだ、ここは読み飛ばしてもらって構わない」

「誰に言っている」

「いや、こっちの話だ」

私のことなど相手にせず、白ウォズは第三のウォズの時間軸を追うように説明を始めた。

——第三のウォズがディケイドライドウォッチを何らかの理由で標的に定める。その際、時空を駆使し、破綻がないよう綿密な計画を立てたはずである。

——〝ノート〟に、新魔王と黒ウォズが2019年から現れ、〝第三のウォズ〟が黒ウォズの力を奪いアナザーウォズの力を手に入れるよう表記する。

——結果、アナザーウォズとなる。

——そのまま2019年に行き、2019年の新魔王と黒ウォズを襲撃。『2068』のヒントを残し、ディケイドライドウォッチを入手させる。

——再び第三のウォズは2068年に戻り、新魔王が2019年から持ち込んだディケイドライドウォッチを奪う。

「そして、今に至るというわけだ」

「……何故君がそのことを？」

「今ばかりは私は歴史の管理者。当事者になってしまっては俯瞰から見られないだろう？」

ぐうの音も出ないとは、こういう時に使うのだろうか。

「第三のウォズともう一人の俺はどこに行ったんだろう？」

「この別の時間軸にある２０６８年、そこからはオーロラカーテンを使わねばいけない場所だろう」

やっと私も整理がついてきた。彼らの行き先がこの２０６８年と時間が続いている時代であればこのような回りくどい方法を使わずともタイムマジーンで行ける。敢えて彼らがディケイドライドウォッチを使うのは、そこに理由があるからだ。

「だろうね」

白ウォズも同意した。

「新たな魔王、奴らは何か言ってなかったかい？」

新たな魔王がしばし考える。

――「時は満ちた。我が魔王……」

――「そのようだな。戻ろう、ウォズ……」

――「戻るって……どこに……」

――「決まっている。君のもとにだよ。だから、今の君とはここでお別れだ」

そのやり取りが、彼らの最後の会話らしい。

「戻る、か……」

「時間を遡るんだったら、全部戻るになっちゃうじゃん」

しかし私には確信めいた考えが浮かんだ。

彼らが『戻る』という表現を使う時間であるならば。

「あそこだ……」

私の推測を告げようとしたその時。

「ねえ、ずっと牢の中にいるのもなんだから、とりあえず出ない？」

「え」

我が魔王かと思うかのような切り返し。新たな魔王もやはり本質は彼と同じようだ。拍子抜けの極致である。

「白ウォズ、俺たちをここから出すってできないの？」

「牢を開ける程度はできよう。しかし……私の協力を得るなど、黒ウォズにとってはあまり気持ちのいいものではないんじゃないかな？」

「いや、白ウォズ、君が私に協力などしたくないだけではないのか？」

「いやいや、黒ウォズ、君が私に頭を下げることを拒みたいだけでは？」

「いやいやいやいや、白ウォズ……」

「もうわかったから！　二人の過去に何があったか知らないけどさ、黒ウォズ、謝っちゃいなよ。今なら大丈夫」

「私が⁉」

私が奴に謝罪することなどない。

ただ、いつか聞いたことのある魔王の台詞に拒否反応を示したものの、結局は私が白ウォズを説得する形となった。

そして奴は我々を牢から逃がした。

＊＊＊

宮殿内は騒然としていた。

当然だろう。

この宮殿の主が元レジスタンスの裏切り者と思われていた〝第三のウォズ〟とともに消えたのである。中枢区域の衛兵たちにはカッシーンによる箝口令《かんこうれい》が敷かれ、内密にオーマジオウ捜索が開始された。

私たちはその混乱に乗じてタイムマジーンが停泊している宮殿の格納庫へと向かった。

「それで、あそこって？」

牢の中で私の話が途中だったことをちゃんと覚えていたようである。新たな魔王は話題の流れを元に戻した。

するとウォズが私の意図を汲《く》み取《と》った。

「君が言っていたのは2018年、常磐ソウゴが君から初めてジオウライドウォッチを受け取ったあの日のことだろう?」

そのとおりである。

「おそらく第三のウォズとオーマジオウはあの日に干渉し、歴史をすべて変えてしまおうとしているのだろう。彼らを止めなければ、私たちが存在できるかどうかも怪しくなる」

彼らの狙い次第で私たちがいるこの2068年の存在自体が危うくなるのだ。

この時点で私たちに残されている選択肢は一つのみ。

彼らを追って2018年〝起源の日〟へ赴き、二人を止め、2018年にいる常磐ソウゴ、ゲイツ、ツクヨミ、ウォズらとの接触を防ぎ、四人の出逢いを妨げないことだ。

しかし大きな問題が残っている。

それを白ウォズが指摘する。

「ただ、どうやってあの2018年に行くんだい?　ディケイドウォッチは奪われてしまったんだしね」

確かに。

今、私たちのいる2068年はあの2018年とつながっていない。それが我々の仮説だ。となると白ウォズの言うとおり、ディケイドライドウォッチがなければあの〝起源の日〟にはたどり着けないし、奴らも、わざわざ我々を使ってあのウォッチを手に入れるなどという七面倒なことはしないだろう。

せっかくタイムマジーンが目の前にあり、時間移動が可能でも、時間軸の違う世界に赴くことは不可能である。

「ねえ……」

そこで新たな魔王が切り出す。

「確率の話なんだけどさ……あのオーマジオウって、本当に俺なんじゃないかな……？」

また一層混乱しそうなことを言い始めた。

「突然なんだい？　話が見えないが……」

私の代わりではなかろうが、白ウォズが突っ込んだ。

「あ、ごめんごめん。つまり、俺が会ったあのオーマジオウって別の時空の俺なのかなって思ってたんだけど、黒ウォズの言う新たな魔王、つまり、この俺が年を取った状態なんじゃないのかな？　って思ってさ」

「王様になりたくない君が、オーマジオウになった、ということかい？」

「うん。あの年を取った俺に言ったんだ。オジサンが俺に話してくれた言葉を……」

――「自分が一体何者で、どこから来て、どんなことがあったから、今の自分なのか？　そのことに向き合ってれば、そのうち未来は向こうからやってくる」


その言葉は私もよく覚えている。

我々が2019年に立つ前の晩、順一郎氏が新たな魔王に話した言葉だ。

「オーマジオウはあのオジサンの話したことを知ってる感じがした。でもあの言葉は俺のいた歴史の中のオジサンが、この俺に言った言葉だ。黒ウォズの知る『我が魔王』や、たとえ他の時空があって、そこにも俺がいたとしても、誰も知るチャンスなんてない……」

彼の放つ語句は強くなる。

「新たな魔王、今、ここにいる、この俺しか聞けなかった言葉なんじゃないかな？」

彼の話すことには不思議な説得力があった。

オーマジオウとその場にいた彼にしかわからない空気のようなものがあるのかもしれない。

私も、白ウォズも、彼の見解を否定しなかった。

「ということは、どういう可能性を君は見いだしたんだい？」

私が切り出した。

おそらく、白ウォズも同義の念を持っていたはずだ。

「この2068年は、俺のいた2018年の未来なんだ……」

「まさか……」

とは思いつつも、あのオーマジオウが新たな魔王であるならば、理論としては正しくなる。

となると、私たちは一度違う時空・正史の2019年に行き、そしてまた異なる歴史に戻り、その延長線上の2068年に戻ってきた、ということか？

「そうだとしよう。だとすると、やはりあの2018年〝起源の日〟には行けないじゃないか」

そのとおり……と白ウォズの見解に同意しようとした時。

私の中の点と点が線になる瞬間が来た。

「……いや、行ける確率が高い……！」

思わず彼の口癖が伝染してしまったようだ。

そんな私に微笑する新たな魔王を見た私は、強く、そして確かに頷いた。

「新たな魔王の唱えた仮説が正しければ、私たちは2018年に……！」

「うん、行こう……！」

私たちはタイムマジーンに乗り込む。

「私はここまでだ」

白ウォズは同乗しなかった。

「君が私に協力するとは驚きだった。もしや、アレも……」

私がこの謎解きをするきっかけとなったあの声を思い出した。


〈変わっている〉

〈始まりの日、そこに戻ればわかる〉


「……君の仕業かい、白ウォズ？」

この旅路に私を引きずり込んだあの声の主が白ウォズということであれば、すべてこの男の掌の上だった、ということである。

「いや、それは知らないな」

私は安堵した。と、ともに謎の解明が先送りにされ、痒《かゆ》いところに手が届かない苛立《いらだ》ちに襲われた。そんな私の心境を嘲笑うように、白ウォズは続ける。

「君たちには私の知る2018年〝始まりの日〟に戻してもらいたかったのでね。私は私で事情があるんだ」

一瞬白ウォズの真意を掘り下げたくなったが、それはまた別の話である。そっとしておこう。

「とにかく、礼を言う」

私のその言葉に白ウォズも少し驚いた様子であった。

「君たちの健闘を見守っているよ。何か助けが必要ならば、懇願したまえ」

そう言い残して奴は消えた。奴の言うようにならないことを私は祈る。

「さて。準備はいいかい？　新たな魔王……！」

私はコクピットに搭乗する。

「うん……！　それで、どこに行くの？」

「2018年。私と新たな魔王が出会った日の翌日、ツクヨミ君と3人で2019年に向かったあの直前だ……！」

私は以前と同様にマシンのシステムを起動させた。

ヴ……ン、と機内に内蔵されたジェネレーターが稼働するとコクピット内は青白い光が浮かび上がる。

高速のモーター音が機内に響き渡り、直後、ふわりと重力の低下を感じる。機体が地上から浮かび上がり、空中へ舞う。まるで同じ時を繰り返すように。

「うお……、やっぱこれ凄《すご》い……！」

私はそのままタイムリープを決行することにした。

アナザーックヨミウォッチを使った行きとは異なる、自らの入力による目的地設定を操作する。

ほどなくしてタイムマジーンの機能を司る中枢が応えた。

新魔王曰く〝相当アナログ〟なディスプレイに行き先が表示される。

『2018』

——さあ、どうだ……？

今回ばかりはたどり着いてみないとわからない。

この2068年と、新たな魔王が優秀な受験生として存在していたあの2018年がつながっているのか。

タイムマジーンの前方に亜空間の入り口が生まれる。

そしてこのビークルは一気に加速し、その時間旅行のゲートへ突入していく。

亜空間に入ると出口までは直線的である。

到着のサインとなる極小のランプが点滅する。

「よし、着いたようだ……！」

私たちの乗るタイムマジーンは亜空間を出た。

目の前に広がる空は蒼《あお》く、遠方に高くなりつつある高気圧性の雲が晩夏の装いを示す。

「戻った……の……？　降りないとわからなくない？」

するとと我々の前方に夏の空を滑走するもう1機のタイムマジーンを確認した。

「タイムマジーン……！　ってことは⁉」

「ああ。新たな魔王、君の仮説は間違っていない。ここは私たちが出発した2018年。そしてあのタイムマジーンこそ……」

「俺たちが乗ってるんだ……！」

私たちが彼ら（つまり過去の私たちであるが）の乗るタイムマジーンを確認すると、その前方に亜空間の入り口が現れる。

「追うぞ……！　この機を逃せば正史の2019年には私たちではいけない……！」

「そっか……！　なるほど……！」

私の策はこうである。

新たに塗り替えられた2018年にさえ戻れれば、アナザーツクヨミウォッチを使って正史へと赴いたタイムマジーンを発見できるはず。その亜空間を私たちも利用させてもらうというものである。

亜空間への扉が閉じていく。

私は急加速のレバーを引いて、空間への進入が閉ざされる寸前で扉を突破した。

しかし、その急激な速度の上昇が悪い方向へ転がる。

「うわあああっ！」

空間内の密度の変化によりマシンの機体に大きな衝撃が走った。その振動で新たな魔王は操縦部のスイッチを誤って作動させてしまう。

「あ」

前方のタイムマジーンに対し砲撃を始めてしまった。

あろうことか、その砲撃によって過去の私たちの乗るタイムマジーンは減速してしまう。

私たちのマシンは前方のタイムマジーンのスリップストリームに入ってしまった。

このままでは激突は免れない。

「ちょッ！　このままじゃ２０１９年に到着する前に２機とも撃沈だよ！」

「……大丈夫だ……！」

私は海馬に刻まれた記憶をヒントに用いた。

私は撃墜の照準を前方のタイムマジーンに合わせ、トリガーに指をかける。

「え⁉　黒ウォズッ⁉　撃つのッ⁉」

「撃っても彼らは死なない！　いや、むしろ撃たなければいけないッ！」

私は躊躇なく引き金を引いた。

砲撃は開始された。

砲弾は見事に前方のマシンを捉え、そのまま亜空間から抜け出た。

「あああああぁッ！」

叫ぶ新たな魔王であったが、彼も遅れて思い出したようである。

「そっか……俺たちも、撃たれて２０１９年に不時着したんだ……。謎のタイムマジーンに狙われて……」

我々のタイムマジーンも追うように亜空間から出た。

そこには曇天が……いや、一部に雨を降らしそうな黒い雲が混じっているまだら模様の空が広がっていた。

「あの時、俺たちを狙ったタイムマジーンって……俺たちだったんだ……」

こうして、私たちは正史２０１９年到達に成功した。

あとなすべきは、ここから今一度２０１８年〝起源の日〟へと時間移動をするのみである。

新たな魔王とこの私との、長い時空の旅は終焉《しゅうえん》を迎えようとしていた。

＊＊＊

たとえば人が生まれ故郷へ向かう時。

もしくは、一度過ごした土地。かつての学び舎。所属した組織。

自らの過去と関係する対象と再会する際。

『戻る』という言葉を使うのが一般的であろう。

辞典によると。

『戻る』――進んできた方向とは逆の方向に引き返す。／元の場所に帰る。／元の状態に返る――ということであるらしい。

元の場所。元の状態。

これらを踏まえると、物理的な問題だけでなく、そこが起源であるという認識を持つ時、私たちは『戻る』という表し方を用いているのかもしれない。

２０１８年９月某日。

私たちは再びあの時間に〝戻った〟。

「それって……ゲイツもツクヨミも、ここには現れないってこと？」

流れを読んでいたかのように、いや、むしろすべてを悟ったかのように常磐ソウゴは第三のウォズに問うた。

第三のウォズは瞬時に察した。この常磐ソウゴが、自分たちの標的ではないことを。

「まさか……⁉　何故だ……⁉」

「決まってるだろ。追ってきたんだよ、2068年から」

遅れてその場に私も現れる。

その私を見て第三のウォズは何も言わず呆然と立ち尽くしていた。最後の最後で計画が狂わされ、戦意を失ったか？

「フフ……ハハハ……アハハハハハハッ！」

第三のウォズは何かを嘲笑するように声を上げた。

「いやはや、大したものだ。新たな魔王、だったか？ それともう一人の私……。この時間にいるはずの常盤ソウゴはどうした？」

「ジオウⅡの力で時間を止めている。彼はまだクジゴジ堂の自室だ」

「そこまで周到だったか……。よくぞこの私をここまで読み切った……」

「読み切れてはいない。第三のウォズ、君はどこから来たんだ？」

私は単刀直入に尋ねた。

「……塗り替えられた世界さ」

「ということは……？」

「正史における常盤ソウゴが、オーマジオウの力を使い世界を上書きしたのは周知のとおりだ。その先に生まれた未来、そうだな、仮に第三の歴史とでも言おうか。そこに存在するのが第三のウォズ——この私だ」

つまり、多くの者の知るあの〝決戦の日〟。『真逢魔降臨暦』にある49つ目のエピソードに記されていることのあとの未来のことを言っている。

奴は我が魔王の塗り替えた新しい歴史――今は仮に奴の言うとおり第三の歴史と呼ぼうか――その歴史の中の人物だったのだ。

「その第三の歴史の中で、それまでの歴史の流れや因果を知った。元の世界、つまり正史以前、常磐ソウゴがオーマジオウになる歴史が存在したこともね。私はその本当の歴史に戻そうとしたんだ」

「それが君の狙いか……」

「つまり、君と同じだ。この2018年のね。それがどうしてこんなにも変わったのか、それはそれで興味深い……」

私に対する皮肉か。いや、そうではない。私自身も奴の言うように思う。

「とにかく、俺はその狙いってのを止めるしかない……！」

「いいじゃないか。ここはホームグラウンドじゃないが、お互い他所《よそ》の歴史の者同士だ。未来の行方をこの〝起源の日〟で決めるのもなかなか乙かもしれないが……」

第三のウォズがディケイドライドウォッチを取り出す。

そしてディケイドライドウォッチを起動すると……。

私たちは荒れた大地の上にいた。オーロラカーテンの強制発動で場所が変わったのだ。

「せめて舞台を選ばせてもらった……」

第三のウォズは続けざまにアナザーウォズウォッチを起動する。

スパークした火花と機械音が第三のウォズの体内に集約され、限りなく有機的な無機物の鎧《よろい》が奴の全身を覆った。

歴史を超えて、我々の前にアナザーウォズが対峙した。

対する新魔王もライドウォッチを取り出す。

私は思い出すように、ふと考える。そして彼に忠告をした。

「新たな魔王、私の力は奴に奪われている……。君一人で戦うんだ。この意味、わかっているかい？」

「うん……わかってる……！」

彼はジオウライドウォッチと、ジオウライドウォッチⅡを起動する。

『ジオウ！』

そして、かつて正史で躍動した我が魔王と寸分も違わないまでになった彼の所作は、もはや美しさすら感じさせる。

「変身！」

『仮面ライダー！　ライダー！　ジオウ！　ジオウ！　ジオウⅡ！』

あの２０１８年〝起源の日〟に、仮面ライダージオウが再誕した。この場合、ジオウⅡ

ではあるが、その辺の違いは大目に見て頂こう。

ジオウⅡはこの最後となるであろうアナザーウォズとの戦いのスタートを自ら切る。

物理的に可能な速度を一瞬で超え、３度目に相対する標的に仕掛ける。しかし、アナザーウォズもジオウⅡの動きを見切り、攻撃を受けつつもカウンターで反撃する。

奴のリアクションを予見していたのか、アナザーウォズの繰り出す拳の位置に、ジオウⅡも同じように拳を繰り出した。

両者の拳と拳が激突する。

突発的な爆風が起こり、二人は同時に吹っ飛んだ。

先に衝撃から逃れたのはアナザーウォズである。

踵で地面をえぐり、体勢を整えると、例の〝ノート〟を取り出した。

『ジオウⅡはジオウⅡの能力を』

そこまで書いて字が止まる。

「何⁉」

そしてアナザーウォズの手が書いた文字を逆になぞっていき、文字は消えた。

「チッ……先に時間を逆行させたか……」

ジオウⅡの能力であった。

思い起こせば。２０１９年で我々二人でアナザーウォズを追い詰めた際はジオウⅡの能力はあの厄介な〝ノート〟によってあらかじめ封じられていた。

だが、今回は逆にジオウⅡの能力によってアナザーウォズの〝ノート〟を無効にすることに成功したのだ。

分が悪いと判断したのだろう。アナザーウォズは〝ノート〟を自らの背部に格納した。奴は〝未来〟を武器とすることは断念したのだ。

これは戦局にとって実に大きい意味を持つ。

戦闘前私は、ジオウⅡではなく他の力を使えれば、と思っていた。

より力のある形態になれれば、あの〝ノート〟により未来を自在に誘導できるアナザーウォズに対しても十分打破が可能であろう。

しかしゲイツ君がいない今、仮面ライダージオウトリニティとなるのは不可能であり、グランドジオウの力はジオウライドウォッチの他、19のライダーのライドウォッチを新魔王は手に入れていない。必然的に彼の戦える形態は仮面ライダージオウと、仮面ライダージオウⅡに限られてしまう。

このままではアナザーウォズ、そしてそのあとに控えているであろう、オーマジオウとの決戦にも活路を見いだすことは難しいはずだ。

しかし、今の新魔王の戦い方——ウォズが〝ノート〟を書き切る前にジオウⅡの能力を活用し敵の狙いを削ぐ——を見たことで、彼は戦況に智力を噛み合わせて状況を打破することができるのでは？　という希望にも似た印象を受けた。

これならば戦力のインフレーションがなくとも、アナザーウォズに、そしてオーマジオウに勝てるのではなかろうか？

その瞬間、私の視界にノイズのような違和感が走る。

ジオウⅡの腕が一瞬透けた。そんな気がした。

「……ッ⁉」

当人も異変を感じたようで、自らの腕を注視してしまう。

一瞬生まれたその隙をアナザーウォズは見逃さない。

一気に猛攻を仕掛け、ジオウⅡを圧倒していく。

「く……！　しまった……！」

圧力に後退せざるを得ないジオウⅡは、わずかな間アナザーウォズを見失ってしまう。

直後、側面に回り込んだアナザーウォズは新魔王の首を摑んだ。

アナザーウォズは力任せに彼を打ち倒す。

「ぬあああッ！」

地面に叩きつけられ、マスクをアナザーウォズの剛腕で地面に押し付けられ、立ち上がることが封じられる。

「フハハ……！　これならば時間を逆行させることも、止めることも、不可能だろう

「確かに……ね……、でもこれが〝俺たち〟の狙いだ……！」

「何……⁉」

奴が気づく瞬間には、すでに私が奴の後方から突撃していた。

そして私はアナザーウォズの背面を突く。

「しまった……ッ！」

今やブランクウォッチとなった我が手のウォズミライドウォッチはアナザーウォズの装甲に電撃のようなインパクトを走らせる。

力を取り戻す。言葉にするとそれまでだが。この瞬間の触覚、知覚、嗅覚、味蕾、聴覚、海馬、扁桃体、ありとあらゆる神経の走る部位は、溢れるようなエネルギーの波に飲まれ、一つ一つの細胞を満たしていく、そう私に体感させた。

かくして、仮面ライダーウォズの力は私のもとに帰還した。

アナザーライダーから元の姿に戻った第三のウォズは驚愕に打ちひしがれている。

「まさか……最初から仮面ライダーウォズの力を狙っていたのか……⁉」

いや、けしてそうではない。

しかし私が戦えない事実を再認識した時、ふと思い出したのだ。

２０６８年、レジスタンスの隠れ処から宮殿へ向かう別れ際、私が新たな魔王に告げた言葉を。

――「宮殿の中で会うウォズがこの私とは限らない。私は首謀者が、もう一人の私だと睨んでいる。その時は君一人で戦うんだ。もう一人の私にウォッチがなければ、君が負けることはない……」

第三のウォズに、ウォッチがなければジオウⅡが負けることはない。

それを伝えるため、このアナザーウォズと戦う前に彼に気づかせようと私はこう言った。

『君一人で戦うんだ。この意味、わかっているかい？』

この私の意図を汲んだのか、それとも戦況を打破する智力がたまたまこの解に導いたのか。それは新たな魔王に確認しなければわからない。

それでも私たちは連携をもって、奴から力を取り戻したのだ。

その時、また異変が襲う。

先ほどと同様に新たな魔王の腕が透けた。

しかも今度は彼だけでなく、第三のウォズにも同じ現象が起きている。

「……!?　どういうことだ？　何が起きている……!?」

私にはこの状況を咀嚼するための俯瞰した視点が足りなかった。

すると新たな魔王が第三のウォズに問いかけた。

「……。第三のウォズも、最初からわかってたんだろ?」

「…………」

奴は沈黙のままである。

「どういうことだい、新たな魔王?」

答えない第三のウォズのかわりに、私が新魔王に問うた。

「第三のウォズの狙いどおり、本当の歴史に戻したら……、第三のウォズもこの俺も消えるんだ。違う?」

再度問いかけられた第三のウォズは透け始めている自分の腕を見た。

「……そのとおりだ。歴史を変えようとすれば、正史の常磐ソウゴはスウォルツとの決戦後のあの選択を取らなくなる。と、なれば第三の歴史は生まれない。結果、私は生まれなくなる……」

「ジレンマだね」

「だから私は2019年〝決戦の日〟、常磐ソウゴのあの選択自体を変えた。もう一人の常磐ソウゴを使って……」

「もう一人の常磐ソウゴ……?」

そこで私はピンと来た。

「気づいたか? 私とともにいたオーマジオウ。彼は裏の常磐ソウゴだ……」

『真逢魔降臨暦』にある21、22つ目のエピソードに出現したミラーワールド。そこに住まう我が魔王の裏の部分を持った違う彼自身のことであろう。ある意味表には出てこない常磐ソウゴの別人格と言っていい。

アナザーリュウガを倒す際に、我が魔王はあの裏の自分を受け入れ、一つになったと思っていたが……。

「私は直接関与できない裏の常磐ソウゴをこの〝ノート〟で動かした。そして裏の常磐ソウゴはオーマジオウの力で、また違う２０１８年を作った。この〝ノート〟でな……」

それはつまり、新たな魔王がいた時空であり、我々の赴いた２０６８年である。

「いわば第四の歴史だ……」

第三のウォズは自嘲するように言った。

様々な因果のうえで成り立った砂の城のような世界。それが彼が生み出し、彼らが住まう世界だったのだ。

「でもどっちにしても、この２０１８年を変えようとしたらアンタは消える。それなのになんで……？」

「………」

ウォズは答えなかった。

すると。ザスリ……、ザスリ……、と砂を踏む音が迫る。

私たちの前に悠然と、そして揺るがない足取りで近づく存在。

常磐ソウゴ、ただし時間を経てカリスマを身に纏った彼である。

「我が魔王……」

第三のウォズは立ち上がろうとする。しかし。

「お前はもういい……」

初老の常磐ソウゴ、いや、敢えて『裏ソウゴ』と呼ばせてもらおう。

彼は自分とともに異世界の未来から来た従者を制した。

「若き日の私よ。お前の言うとおりだ。私たちの狙いどおり、元の歴史に戻せば私たちのいた歴史は消える。私や、私とともにここまで来たウォズや、お前も消える……。だが、もはやどのような形であれ、歴史が変わることは止められない……」

その言葉を理解するのに、わずかな時間を要した。

しかし裏ソウゴが私に視線をやったことで、私はその真意を受け取った。

『ジオウⅡの力で時間を止めている。彼はまだクジゴジ堂の自室だ』

第三のウォズとこの時間にいる本来の我が魔王を引き合わせないため、私たちの取った処置。これが裏目に出たことを、裏ソウゴは指摘している。

「私たちとこの場にいたまま時が流れるのを待てば、本来この時間にいるもう一人の若き常磐ソウゴは、仮面ライダージオウの力を得ることはなくなる……」

ジオウⅡの力を解除しなければ、今2018年にいる常磐ソウゴが動き出すことはない。

それはその先の展開、出会いをすべて変えてしまうことを意味する。

第三のウォズが、オーロラカーテンで場所のみを変えた根拠が明らかになった。

奴らにしてみれば、同じ時間にいる常磐ソウゴと並行して行動することに意味があったのだ。

この時点で〝未来〟が持つ選択肢は二つとなった。

2018年の常磐ソウゴがゲイツ、ツクヨミとの出会いを奪われ、オーマジオウとなる未来。

新たな魔王が2068年からこの2018年に訪れる前に裏ソウゴと第三のウォズを倒し、正史を守る未来。

しかしそのどちらの場合でも新たな魔王は消えることとなる。

すべてを理解したのか、ジオウⅡは空を見上げた。

「どっちにしろ、歴史は変わる……俺たちが消えることは免れないってことか……」

「若き日の私よ。それでも戦うか？　私と……？」

「……。うん……」

ジオウⅡのマスクは彼のどのような表情を覆っていたのか。

そこにどのような決意があったか。

私に想像はできない。

しかし、彼は彼の未来を選んだ。

「よかろう。ならば私を阻んでみるんだな……」

裏ソウゴはウォッチを装塡した。

「変身……」

静かに、そして威厳を纏った所作は歴戦のどの戦士よりも雄大さを内包し、かつ、畏怖を周囲に与えるものだった。

砂塵が舞い、あたりを竜巻状に巻き込む。

その竜巻の核から生じた光源が大気を震わせ空気が唸る。

漆黒と金色の光に包まれたあと、その姿がゆっくりと露になる。

「な……⁉」

同時に私は驚愕した。

光の引いたあとに出現した最低最悪の魔王の姿は、アナザーオーマジオウだったのだ。

「アナザーオーマジオウ……⁉　どういうことだ……⁉」

「愚問だな」

驚く私に第三のウォズが指摘する。

2019年のあの我が魔王の選択により、19のライドウォッチ、すなわちすべての平成ライダーたちの力はそれぞれの世界に戻ってしまった。

この我々の住まう『仮面ライダージオウの世界』に残ったのは持ち主のいなくなったアナザーウォッチだけである。

つまり、2068年の宮殿に飾られたウォッチたちはすべてアナザーウォッチだったのだ。

「やっぱりそうだったんだ……！」

ジオウⅡが反応する。

彼はオーマジオウの玉座の間で見ていたのだった。

飾られていたオーマジオウのウォッチたちは、彼のライドウォッチとはデザインの主旨が異なっていたことを。彼はそのことに対し、違和感を覚えてはいたが、核心には至らなかった。

しかしそれも無理はない。正史で数多《あまた》のウォッチを手にしてきた我が魔王と違い、新たな魔王の知るライドウォッチはジオウライドウォッチ、ジオウライドウォッチⅡ、そしてディケイドライドウォッチのわずか3つである。

私にとってはすべてに合点がいった。

だからこそ、第三のウォズは裏ソウゴとともに根本から変えようとしたのか。

この感情は私ならば……、いや、私にしかわからないかもしれない。己が擁立する魔王、仮面ライダージオウに〝アナザー〟などという冠をつけるなど、けして受け入れられることではない。

「ゆくぞ……！　若き日の私よ……！」

一閃。

振りかざしたアナザーオーマジオウの掌が光源となり、空間を波立たせるほどの衝撃波が炸裂する。

ジオウⅡは天高く跳びそれを躱すが、アナザーオーマジオウはそれを予見していたように追撃する。

そして先の衝撃波によって副作用的に起きていた上空の乱気流を、アナザーオーマジオウの拳が、貫き、切り裂いた。

空気内の分子と分子が攪拌《かくはん》されながらジオウⅡを巻き込む。

「ぬあああああああッ！」

空圧によって更なる上空に舞い上がったジオウⅡは己を巻き込む気流のうねりに抗えず急降下。痛烈に大地に打ち付けられた。

その一連の現象により周囲の空気からオゾンの匂いが漂った。

そして、ジオウⅡは衝撃に耐えきれず変身が解かれた。

そうである。

アナザーライダーといえど、奴はオーマジオウである。けして〝仮初めの魔王〟などではなく、本質的には王の資格の正統な持ち主なのだ。

ジオウⅡの力を効果的に活用する新たな魔王の智力に活路を見いだしていた私だが、その期待が浅はかであったと気づかされる。

「若さゆえの無謀はけして否定するものではない。しかし、お前のやっていることは虚無だ。何にもならない。お前の知性があるならわかるだろう？」

アナザーオーマジオウは地面に伏す若き常磐ソウゴを諭すように語り始める。

そして私のほうを見た。

「ウォズ、お前もそうだ……。お前や、ゲイツや、ツクヨミたちに始まり、スウォルツ、ティード、クォーツァーたち。力を持ち、それを過信した者たちは皆、歴史に干渉する野心を抱く。後付けの大義と、こじつけられた理屈や正論を用い、詭弁で己を武装し、歴史の当事者たちをも巻き込む。しかし、それら変革を求めた歴史は、必ず原点に戻されてきただろう？　それを虚無と言わずしてなんと言う？」

アナザーオーマジオウの言葉は本当に裏ソウゴの言葉なのか。

もし、王や神々とは別にこの世界を作り出す根元があるとしたら。

その深淵から湧き出た語り口のような錯覚を覚えた。

「私は変革など求めない。私による支配も第三のウォズの野心も不要だ……」

「我が魔王……」

第三のウォズも知らなかった裏ソウゴの真意にたどり着く。

「くだらぬ野望者の都合で強引に統合された平成ライダーの世界が、最後は原点に戻ったように、この世界も原点に戻す。それはつまり、ゲイツもツクヨミもウォズも、誰もが〝起源の日〟に干渉しない歴史だ。その行き着くべき場所は、ここにいる若き日の常磐ソウゴ、第三のウォズ、そしてこの私が消える未来だ。私は己が虚無であることを認める……」

そう、すべては虚無。

私たちが2018年からたどってきた旅路は結局、無意味だったのだろう。

「そうかな……」

常磐ソウゴがこの揺らぐことのない大河のような流れに一石を投じる。

「もし答えが原点に戻ることでも、俺は俺の過ごした時間を虚無だなんて思わないよ。ゲイツやツクヨミと馬鹿みたいにはしゃいだ夏のことも。オジサンが俺のためにわざわざ説教くさいことを言ってくれた夜も。ウォズと行ったチープな世界観のSF映画みたいな2068年も。誰の記憶に残らなくても、記録に残されなくても。それがあった事実だけで俺はいい」

若い彼の言葉は何か諦めにも似た悟りの境地なのだろうか。

それとも……。

「そうか……。ならば、幕を閉じようか……」

「……うん……」

ここにともにいる第四の世界の者たちを、そして自らを消すために、裏ソウゴは戦う意志を再び掲げた。

では何故、自分が消えるとわかっている若き常磐ソウゴは戦うのか。

「変身！」

ともかく、彼はジオウⅡライドウォッチを決意と覚悟とともに起動させる。

対峙する最強の自分を迎え撃つ態勢はジオウⅡの装甲に託された。

アナザーオーマジオウが一歩、ジオウⅡとの間合いを詰める。

その時、第三のウォズが後方から戦闘の再開に待ったをかける。

「……我が魔王、待つんだ。従者が伴わないのは覇道をゆく王にはふさわしくない。もはや私は同行はできないが……」

第三のウォズはノートに書き記す。

『ゲイツとツクヨミの力が集まり、アナザーオーマジオウトリニティとなった』

宙に小さな亜空間の入り口が生じる。

そこには、二つのアナザーウォッチ――アナザーツクヨミウォッチとアナザーゲイツウォッチが出現した。

二つのアナザーウォッチは、アナザーオーマジオウのもとに集まり、その偉容に更なる変化をもたらした。アナザーゲイツとアナザーツクヨミのマスクを象った装飾がアナザーオーマジオウの両肩、鎧で言うところの大袖《おおそで》を覆い、アナザーゲイツのカラーである真紅、そしてアナザーツクヨミのカラーである純白のラインが金色の鎧袖《がいし》に走る。

アナザーオーマジオウトリニティである。

アナザーライダーとはいえ、威風堂々とした王の風格は戦場の空気を圧倒した。

私は先刻、もう一人の私から奪い返したウォッチを握りしめた。

「新たな魔王、私も行こう……！　変身……！」

我が手に戻ったウォズミライドウォッチを手に、王の従者として戦線に臨む。

ビヨンドライバーの稼働とけたたましく鳴り響くその叫声《きょうせい》が仮面ライダーウォズ　ギンガファイナリーの帰還を迎えた。

再び私はジオウⅡと並び立ったのだ。

ただそれでもアナザーオーマジオウトリニティに倒す算段はついていない。

「散るがいい……」

アナザーオーマジオウトリニティが掌をかざす。

烈波とでも表せばよいか、怒濤《どとう》の風と光と熱を伴った波動が私たちを飲み込む。

大軍のレジスタンスの戦士たちと、何機ものダイマジーンに対し、たった一人で立ち回り壊滅に至らせる圧倒的な力。その根源を今まさに体感する。

最低最悪の魔王と恐れられた所以はこの超常的な武力にこそある。

もはや我々と対峙しているのはアナザーオーマジオウでも、裏ソウゴでもない。

オーマジオウそのものである。

私とジオウⅡは波動の圧力に堪え、うねりからの突破を試みる。

ジオウⅡの推進力が波動の突端を突き破る。そこをきっかけに私たちの突撃が始まる。

新たな魔王は跳躍し上空から、私は正面突破を計り二方からの攻撃を仕掛ける。

ジオウⅡの動きに一瞬釣られたオーマジオウに急接近し、私は奴の装甲の胴部に攻撃を集中する。

更には新たな魔王が跳躍から降下する勢いを利用しオーマジオウを急襲。

オーマジオウは腕で防がざるを得ない。

そして我々の進撃はオーマジオウを一歩退けさせるに至った。

〝いける〟

これまで拳を交えてきた数多の敵であればそう思えたであろう。

しかし。このオーマジオウと相対し、その期待は皆無であった。

自分たちの行為がまるで山岳を相手に戦うような、無謀、無鉄砲、いや、それよりも不条理である、という自虐的な感覚にすら陥ってしまう。

それは奴の持つ戦闘強度ゆえか、それともこちらの心理状態がそうさせるのか。

ともかく、私たちの攻撃は突破口を切り開くまでには至らない。

「お前たちに私を倒すのは不可能だ」

再度、オーマジオウの掌が光源となる。

そして、奴には見えているのかもしれない、破壊にまみれた未来を摑むように拳を握りしめた。

凶悪な爆発が私とジオウⅡを襲った。

「ぬあああああっ!」

爆風に煽られた私の体は、新たな魔王とともにむき出しになった岩盤の側面に激突した。

その衝撃がきっかけとなったのか、ジオウⅡの腕がまた一時的に消えかけた。

もはや敵《かな》う術などない。

しかし……。

その時、オーマジオウが問いかける。

「聞かせろ、ウォズ。何故お前まで私たちを阻もうとする? もともとお前は、この時代の常磐ソウゴがオーマジオウとなることを使命としていた。歴史が修正されれば、お前が望んでいた戻るべきところに戻れるのだ。なのに何故……？」

「……私が……戻るべきところ……」

そうなのかもしれない。

私はその使命を果たすことこそに存在価値がある。

そう思いかけた矢先だった。

「……違うと思う」

新たな魔王が異論を差しはさむ。

「ウォズが戻るべき所は、元に戻った２０１８年なんかじゃない」

新たな魔王は私に先がけて立ち上がる。

「では、どこだ？」

「俺にはわからない。でもそれは、ウォズ自身が知ってることだ」

「私が……？」

新たな魔王の言葉が、私の脳の記憶を司る海馬を貫いた。

一つ、二つ、三つ……、押し寄せるように海馬の中の情報が連なり、それらが私の脳内で感情を導き出す扁桃体を揺さぶる。

「君の言うとおり、かもしれないな。新たな魔王……」

私は立ち上がり、忠実なる従者という仮初めの立ち位置から踏み出すかのように、一歩前へと出た。

そして、彼の横に立ち並ぶ。

そう、この地こそが私の戻るべき場所である。

その時、私に続き、王の隊列に加わる者が現れた。

それは見慣れた黒と赤のコスチュームに馴染みのハーネスを装着したゲイツ君。

同じく馴染み深い白のコスチュームに身を包んだツクヨミ君。

この場にいるはずのない、我が魔王の従者たちであった。

「ゲイツ……ツクヨミ……！　なんでここに……⁉」

ゲイツ君とツクヨミ君は静かに新たな魔王を見つめた。

「忘れたか？　俺はお前を倒すためにここに戻った」

「私は、アナタをオーマジオウにさせないためにここに戻ったの」

どの時空の、どの時点の二人かはわからない。すでに私の状況把握能力はキャパシティオーバー、理解不能である。

しかしもはやそんなことはどうでもいい。

オーマジオウ討伐の役者は揃った。

「よし、行こう……！」

その時、私の手に小さな光の粒が宿る。そこを発端に突如粒子が溢れ出し集約されていく。その塊は一つのライドウォッチの姿を形成した。

ジオウトリニティライドウォッチである。しかも意匠が若干異なるようだが構わず私は続けた。

「〝我が魔王〟、これを……！」

私はあの時ジクウドライバーを献上したように、ジオウトリニティライドウォッチを差し出した。

「使い方はご存じのはず……！」

我が魔王がジオウトリニティライドウォッチを握りしめ、起動する。

『ジオウトリニティ！』

すると現れたばかりのゲイツ君とツクヨミ君に光があたる。

そして新たな魔王はジオウトリニティライドウォッチをジクウドライバーに装塡し、ドライバーの中枢部を回転させる。

『ライダータイム！　仮面ライダージオウ！』

ジオウⅡが金色の輝きに包まれる。

『トリニティタイム！　３つの力！　仮面ライダージオウ！　ゲイツ！　ツクヨミ！　トリニティ！』

ゲイツ君とツクヨミ君が、ジオウⅡの変容の中に取り込まれた。

輝きが弾けると、そこに現れたのは魔王の従者のマスクを両肩に備えた三位一体の象徴。しかも今回は私ではなく仮面ライダーツクヨミを従えた姿と相成った。

「祝え！　二人の友の力を受け継ぎ、時空を超え、過去と未来をつなぐ時の王者！　その名も仮面ライダージオウトリニティ　バージョン・ゲイツ＆ツクヨミ！　まさに降臨の瞬間である……！」

盛大に王とその友たちの再会を慶賀した。

「なんか……！　行ける気がする……！」

ジオウトリニティが疾走した。

立ち向かう先は、アナザーオーマジオウトリニティである。

両者は激突した。

そしてこの私も戦線に加わった。

そこからの時間は恍惚の連続だった。

ゲイツ君とツクヨミ君という友の力を得た新たな魔王が、私という〝仲間〟を伴って最恐の魔王に立ち向かう。

歴史の管理者であると同時に時間の傍観者。

けして未来を選ぶ決断の中にいなかった私が、今、歴史の当事者となれた。

常磐ソウゴという王の意志を護るということが、私の存在する価値へとつながった一瞬だった。

これほど光栄なことはない。

均衡していた両魔王の勢力に変化の兆しが訪れる。

ジオウトリニティの攻撃がアナザーオーマジオウトリニティの力を上回り始めたのだ。

力のインフレーション。

パワーアップによるマウントの取り合い。

それが繰り返されてきた正史の中で言うと、このジオウトリニティは〝最強〟と呼ぶには遠いものかもしれない。

しかしながら、あの常磐ソウゴの強さの根源は武力によるものではない。

ライドウォッチや、ジクウドライバーの与える超常の装甲は、強さへの補助にしか過ぎず、伝説となったライダーたちの力は彼を導く道しるべであった。

力を統べたオーマジオウの強さを上回るもの。

それは常磐ソウゴが友人たちと得た本質的な強さである。

そのような綺麗事を述べるのは私の柄ではないが、敢えてそう断言しよう。

押しつつあるジオウトリニティを跳ね返すべく、アナザーオーマジオウトリニティは敢えて間合いを詰め、彼の喉元を狙う。

肉を斬らせて骨を断つとはまさにこのこと。奴は新たな魔王との激戦を終わらせにかかった。

私はそこに渾身の一撃を繰り出す。

回避したアナザーオーマジオウトリニティは一旦後退し、再び突撃を開始する。

そしてジオウトリニティも間合いを埋めるかのように突進した。

両魔王が跳び上がる。

新たな魔王の威力がわずかに上回ったのか。

アナザーオーマジオウトリニティの鎧は、ジオウトリニティのキックによって撃ち抜かれた。

しかし同時に、ジオウトリニティの装甲も敵の威力の前に破砕されていく。

破裂した火花が二人の戦いの閉幕を彩る。

地に降り立った若き常磐ソウゴと、齢を重ねた裏ソウゴは、ただただ立ち尽くすだけだった。

二人の足元には亀裂の入ったそれぞれのウォッチが落ちた。

そして若き常磐ソウゴは、対面に立ちすくむもう一人の自分を見た。

陽《ひ》の下でまともに見る齢を重ねた自分の顔には、これまでの時の中で彼の捨ててきたであろう感情がシワとして刻まれていた。

「若き日の私よ。誰の記憶に残らなくても、記録に残されなくてもいい……と言ったな。このように消えていく結末を知ってもか？」

裏ソウゴの腕は消え始めていた。

そして、新たな魔王も消滅が近づくように、指先が透ける。

「俺は別に、何かに残るために、その時その時を決めてきたわけじゃないから。アンタもそうじゃないの？」

「……かもしれん……」

裏ソウゴがわずかながらに微笑んだのを若き常磐ソウゴは認めた。

「お前の勝ちだ。若き日の私よ……」

勝敗は決された。

いや、この場合、勝者も敗者もないのかもしれない。

彼は若き自分に背を向け、歩き出した。

その姿は消滅し始めている。

そんな彼を同じように消え始めている第三のウォズが迎える。

「すまない……我が魔王……」

「これでいい。己が一体何者で、どこから来て、どんなことがあり、今の己となったのか？　お前はそのことに向き合っていただけだ。ウォズは私をオーマジオウにするために、私と出逢ったのだろう……？」

ここにまた違う時空、違う歴史の魔王と従者の関係が存在していた。

彼らはそれを認めつつ、ゆっくりと消えていった。

沈黙の中、私たちはそんな二人を見送った。

第三のウォズの消えた場所に、〝ノート〟とディケイドライドウォッチが落ちた。

奴のノートはいずれ持ち主を追うように消えていくだろう。

そして私と新たな魔王のもとにゲイツ君とツクヨミ君が近づく。

「ゲイツ……ツクヨミ……」

伝えたいことは山ほどあったかもしれない。

しかし誰一人として口を開く者はいない。

3人の間に言葉はなかったが、その表情は多くを語り尽くしたあとの物だった。恐らく

は、どの時代のどのような未来であっても、彼らは互いの言葉を紡ぎ続けるのだろう。

「先に戻ってるぞ」

「全国模試、負けたほうがおごりだからね」

背を向け、歩いてゆく彼らはゆっくりと、穏やかに消えていった。

「結局、あのゲイツとツクヨミはどの歴史のゲイツとツクヨミだったのかな？」

「それは私にも理解が追いついていない」

考えうるのは白ウォズが〝ノート〟によってなんらかの助力を私たちに施したこと。奴の〝ノート〟であれば第三のウォズに対抗することも可能であろう。あの場に『ゲイツとツクヨミが戻った』と〝ノート〟に記せば、あの俯瞰視のできるゲイツ君とツクヨミ君が一時的に現れるという現象もありえそうである。もしそうならば、我々が時間を正史に戻すことが、奴にとって都合がいいのだろうか。つい詮索してしまうのは悪い癖か。

「そっか……！」

その時、何を思い立ったか、新たな魔王は落ちている第三のウォズの〝ノート〟を拾い、何かを書き込んだ。

「なんだい？」

「未来へのメッセージだよ。ん？　過去かな？　ま、いいや」

私はやれやれと思いながらもそばに落ちているウォッチを拾った。手にしたジオウライドウォッチⅡはすでに壊れている。

「これならばジオウⅡの効力は失われてるはずだろう」

「ようするに、足止めしてた、もう一人の俺は動けるってこと？」

「そのとおり」

これで正史は動き出した。

このあと、2018年〝起源の日〟の常磐ソウゴは正史どおり、ゲイツ君の襲撃を受け、ツクヨミ君と正史の私に逢い、仮面ライダージオウ戴冠の儀を経て、アナザービルドを倒す。

「あとはこれだね」

新たな魔王はディケイドライドウォッチを拾い、私に託す。

「こいつを2019年の俺に渡しといてよ。これが戻ればたぶん第四の歴史は生まれない。2019年〝決戦の日〟で正史の俺がちゃんと歴史を塗り替えて、ちゃんと上書きした2018年に戻るはずだよ」

「〝ちゃんと歴史を塗り替える〟とか、〝上書きした時に戻る〟とか、もう訳がわからないな」

「だね！」

私と新たな魔王は笑った。

そしてディケイドライドウォッチを手渡した新たな魔王の腕は本当に見えなくなっていた。

「じゃ、そろそろ俺も戻らないと」

「この場合、戻る、はおかしいんじゃないかい？」

「おかしくないよ。だって、俺たちはもともと無いところから生まれたんだし。まあこれも、第三のウォズのおかげだったわけだ」

かくして。新たな魔王こと、受験生であり、全国模試2位であり、王様になるのを夢見ることのなかった2018年の常磐ソウゴは時の流れを正史に戻し、ここを去る。

「楽しかったよ、黒ウォズ。いや、もう〝ウォズ〟だけでいいよね」

「ああ。私も実に楽しかった、と言うのは少々言いすぎか……」

「もうこの際、嘘でも楽しかった！　でいいじゃん。それで、どうするの？　2019年に戻るの？　あ、元に戻った2018年か。あれ？　どっちだ？　ま、いいか」

「確かに、どちらでもいい……」

そう、もはやどちらでもいいのだ。私の戻るべきは……

「時間だ」

彼の身体はすでに透き通り始め、景色の向こう側が見えていた。

別れの時を彼も私も察した。

「それじゃあ。また違う時空で」

「ああ。さらばだ……」

目の前にいた、ここことは違う2018年の常磐ソウゴ、新たな魔王が消える。

それはためらいもなく地平線へと過ぎ去る流れ星のように。

私は残された〝ノート〟を見た。

そこにはこう記されている。


『ウォズは第三のウォズによる歴史の改変を知らされた。』

『ウォズに導かれた第四の歴史の常磐ソウゴはジオウⅡの力を手に未来へと歩んだ。』


そこで私は思い出した。私をここまで導いたあの謎の声。


〈変わっている〉

〈始まりの日、そこに戻ればわかる〉


「あれは君だったのか……」

すべてが腑に落ちたあと、最後に残された〝ノート〟も消えていった。

そして私は空を仰ぎ、届かぬ言葉を発する。

「未来が動く時、私は必ず君のもとに戻る……我が魔王……」

晩夏の太陽は歴史どおり、西の空へと降りていった。

エピローグ

ハロー・アゲイン20××

旅はいつからが始まりだろうか。

自宅から出るその瞬間が旅の始まり、というのが最もわかりやすい位置づけか。

しかしある向きには、普段使わない交通機関に乗り、目的地へ出発する瞬間こそが旅の始まりという概念と受け止められている。新幹線しかり、飛行機しかり。非日常的な乗り物に乗る行為は、確かに日常の世界と、旅行の世界の境界と言えるのかもしれない。

では、旅の終わりはいつなのだろう?

『家に到着して家族に「ただいま」と言うまでが遠足である』

とは、一昔前の子供であれば学外の行事のたびに教師から聞かされた文言らしい。

自宅に到着。それこそが旅の終わりである。

その見解に異論のある者は少ないのではなかろうか。

ただ、ある向きに言わせれば、地元の象徴的な建造物や山河を見ることが帰郷の証、つまり旅の終わりを感じさせるものだという。

範囲の広狭の差こそあれ、帰巣の認識が反応する領域に入った瞬間に多くの人は旅の終焉を悟るのかもしれない。

ならば、この私の旅は、どこが終点となるのか?

『ただいま』と言う人もいなければ、地元のシンボリックな建造物も山河もない。と言うより地元などという概念そのものがないのである。

それでも私は旅の終わりを感じていた。

２０１８年〝起源の日〟。

あの日をあとにした私は２０１９年に向かった。

新たな魔王が消える間際に言ったとおり、ディケイドライドウォッチを手にし、３度目の〝決戦の日〟に向かったのである。

どんな物好きでも同じ日を３度も経験することなどまずないと思うが、事情が事情ゆえ、このノルマは果たさねばなるまい。

実際、『真逢魔降臨暦』を参考にすると、この時分のディケイドライドウォッチの流れはこうである。

『常磐ソウゴはツクヨミとともに、門矢士のもとへ向かう。そして、門矢士のオーロラカーテンの能力にて、異世界にいるアルピナ、すなわち少女時代のツクヨミに会いに行った』

『異世界にて、少年スウォルツの攻撃からツクヨミを救った門矢士は瀕死の状態となる。そこに現れたのが仮面ライダーディエンド・海東大樹。海東大樹はアナザージオウⅡの時間逆行の力を用いて門矢士を蘇生させるが、直後、その能力の副作用でディエンド自身がアナザージオウⅡと化す。常磐ソウゴはディケイドライドウォッチを門矢士に託し、仮面ライダーディケイドとアナザージオウⅡの対決を促すのだった』

これは2019年に新たな魔王と赴いた際、ディケイドライドウォッチの行方を追うために確認していたものである。

この正史を元のように成立させるには、我が魔王とツクヨミ君が異世界に向かう前に、このディケイドライドウォッチを渡さなければならない。

クジゴジ堂から少し離れた場所。

我が魔王はツクヨミ君を連れて走っていた。

「ウォズ⁉」

彼らの前に私が先回りしていた。

「どうしたの？」

「戻ってきたんだ」

「え？　どういうこと？」

「すまない、こっちの話だ」

「ていうか……ウチにいたのに……何で？　とにかく俺たち、急ぐんだ」

「待つんだ。これを持っていくがいい」

件《くだん》のライドウォッチを差し出す。

「ディケイドウォッチ？　なんで……？」

「いいから持っていくんだ。このウォッチは君の未来に必ずや必要となる」

「わかった……。行こう、ツクヨミ……！」

「うん……！」

彼らは先を急いだ、私の前をサッと通り過ぎ駆けていく。

私はこれより大事を控える彼のその背を見つめた。

「我が魔王……ご武運を……」

こうして私は２０１９年を発つ……

いや、発つ前にあるところへ向かった。

駅前のパン屋。

第四の歴史の２０１８年、予備校帰りの常磐ソウゴとの遭遇を試みた際に見つけたあの店である。あそこなら時空の違う正史でも存在していると思い、この旅の中でありつけなかったアップルパイを買いに赴いた。

タイミングとしてはスカイウォールが出現し、スマッシュとロイミュードが街中で暴れている状況である。わざわざパンを購入しようとする物好きはいない。であれば売り切れているることはないだろうと確信して店に行ったが……。

「臨時休業……」

非情なる看板が店前に掲げられていた。

店員たちもこの状況に逃げるしかなかったのだろう。ご丁寧にもシャッターまで閉めて店じまいを済ませ、この場を離れたようである。

「来ると思っていたよ」

私を呼び止めた主は……。そう、私が好きになれない声の持ち主である。

「どういうことだ、白ウォズ？　いや、君はどの時空の白ウォズだ？　と聞いたほうがよいか？」

「生憎《あいにく》、私は２０１９年、この今の時点ですでにスウォルツに消されている」

「そうだったね」

確かに、正史の奴は私たちの前でスウォルツ氏に消滅させられた。

「ということはわざわざ２０６８年で私たちを見送ってからここに来たのかい？　何をしに？」

「これを」

白ウォズはパン屋の紙袋を差し出す。

中にはアップルパイが入っていた。

「どうして君がこれを？」

「君たちのおかげで、この２０１９年の先に本当の２０１８年〝始まりの日〟がつながる。ちょっとした御礼さ」

「礼？」

「私にも私の事情があると言っただろう？」

そこでふと思い出す。

「もしやとは思うが、私たちがアナザーオーマジオウトリニティと戦った際、手助けをしてくれたのは君かい？　ゲイツ君とツクヨミ君を……」

白ウォズは私が話し終える前に被せるように否定した。

「さあ。何のことかな？」

わざとらしく人差し指でこめかみをつつく奴に、軽い苛立ちを覚える。

「君じゃないのか。だいぶ芝居がかっている気がするが……」

「あの第四の歴史とやらが消えたことが理由かもしれない。あの時間に対しては記憶が曖昧なんだ。君にも同じようなことが起きていないかい？」

「……どうだろうな」

それは今の私にはわからない。

もしかしたら私もあの時間を、新たな魔王を、2068年での活劇を、裏ソウゴと第三のウォズたちの真理を忘れるのかもしれない。

それでも、彼らが息吹いた事実は変わらない。

「それじゃあ……」

白ウォズは一旦その場を去ろうとするが、すぐに立ち止まる。

「その前に一つだけ教えてくれるかい？　正史の前の2068年。我が救世主とツクヨミ君が〝起源の日〟の魔王のもとへ行く前の2068年だ。君は何のためにオーマジオウの玉座の間に忍び込んだ？」

私が新たな魔王に話したことを奴は知っているらしい。

「想像にお任せする」

私がまともに答えないのを予測していたのか、白ウォズは少しだけ笑みを見せた。

「それじゃあ、またどこかの時空で会おうじゃないか……」

「君との再会はあまり歓迎したくないな……」

微笑を残して白ウォズは消えた。

そして私も、このやがて消失し〝始まりの日〟につながる2019年を後にした。

戦いの喧騒は緩やかに遠ざかった。

２０１８年〝始まりの日〟。

普通の高校生・常磐ソウゴは、夏休みがあけたばかりの登校日を過ごしていた。

この歴史の明光院ゲイツは柔道に打ち込みオリンピックの選手を目指しているらしい。

ツクヨミは二人の前で級友のマドンナ然として振る舞い、彼らのそばにはウールやオーラなどの面々がいる。

そして常磐ソウゴは〝王様〟となることを目指す少し風変わりな青年に戻ったようだ。

私はその光景を見て高揚感に近い何かが自らの中に溢れていることを認めた。そして不思議なことに、以前の私が有したあの寂しさのような感覚が再び訪れることはなかった。

それが何故なのか。

いずれまた新たな魔王と歩んだ旅路を振り返ることがあるかもしれない。その時にはおそらく何かがわかるだろう。しかしまずは自分のこれまでの歩みに句点を打とうではないか。


結局、あの時間とは虚無だったのだろうか。

月並みではあるが、けしてそうではない。

この先に待ち受ける未来では、またスウォルツ氏が何かを企むかもしれない。

タイムジャッカー、スーパータイムジャッカー、クォーツァー、それらのような存在が彼らを襲うこともありうる。

実際、このあとあの白ウォズがゲイツ君のもとに現れることになるそうだが……、まあ、奴のことを語るのは別の機会で構わないだろう。今は割愛しよう。

そして異世界を行き来する仮面ライダーディケイドや、まだ見ぬ未来のライダーが、世界の壁を超えてなんらかの干渉をしてくる可能性は否定できない。

しかし。

どのような未来が待ち受けようと、私は彼の隣に戻る。

魔王の従者として。

さて。ここまで紡いできた備忘録もそろそろ閉じることとしよう。

またどこかの未来、もしくは過去で。

下山健人 | Kent Shimoyama

東京都生まれ。脚本家。2004年にテレビアニメ『忍たま乱太郎』でデビュー。

『新幹線変形ロボ シンカリオン THE ANIMATION』ほかのシリーズ構成を担当。

『手裏剣戦隊ニンニンジャー』『仮面ライダージオウ』ではメインライターを務める。

そのほかの作品にテレビアニメ『銀魂』『BLEACH』、映画『キカイダー REBOOT』など。

講談社キャラクター文庫 034

小説《しょうせつ》 仮面《かめん》ライダージオウ

KODANSHA

2021年7月27日 第1刷発行
2021年9月 1日 第2刷発行

著者	下《しも》山《やま》健《けん》人《と》 ©Kent Shimoyama
原作	石《いし》ノ森《もり》章《しょう》太《た》郎《ろう》 ©2018 石森プロ・テレビ朝日・ADK EM・東映
発行者	鈴木章一
発行所	株式会社 講談社
	112-8001 東京都文京区音羽2-12-21
電話	出版 (03) 5395-3491 販売 (03) 5395-3625
	業務 (03) 5395-3603
デザイン	有限会社 竜プロ
協力	金子博亘
本文データ制作	講談社デジタル製作
印刷	大日本印刷株式会社
製本	大日本印刷株式会社

ISBN978-4-06-523965-0 N.D.C.913 342p 15cm 定価はカバーに表示してあります。Printed in Japan